Cornelius

Der Kommissar in Badeshorts

Tim Frühling, aufgewachsen in Stuttgart, ist Moderator, Wetteransager und Autor. Seit 2006 ist er Radiomoderator bei HR3. 2008 wagte er den Schritt vor die Kamera und präsentiert seither das Wetter in der Hessenschau. Im April 2013 erschien sein erstes Buch »Nichts kann ich mir am besten merken« im Fischer Verlag. Tim Frühling lebt in Frankfurt am Main.
www.timfruehling.de

Dieses Buch ist ein Roman. Handlungen und Personen sind frei erfunden. Ähnlichkeiten mit lebenden oder toten Personen sind nicht gewollt und rein zufällig.

TIM FRÜHLING

Der Kommissar in Badeshorts

FUERTEVENTURA KRIMI

emons:

Bibliografische Information der Deutschen Nationalbibliothek
Die Deutsche Nationalbibliothek verzeichnet diese Publikation in der Deutschen Nationalbibliografie; detaillierte bibliografische Daten sind im Internet über http://dnb.d-nb.de abrufbar.

MIX
Papier aus verantwortungsvollen Quellen
FSC® C083411

Umschlagmotiv: photocase.com/misterQM
Umschlaggestaltung: Tobias Doetsch
Gestaltung Innenteil: César Satz & Grafik GmbH, Köln
Lektorat: Susann Säuberlich, Neubiberg
Druck und Bindung: CPI – Clausen & Bosse, Leck
Printed in Germany 2015
ISBN 978-3-95451-503-5
Fuerteventura Krimi
Originalausgabe

Dieser Roman wurde vermittelt
durch die Agentur Brauer, München.

Für Sebastian,
der sich jedes Kapitel als Erster anhören musste

Für Christine,
die beste Cluburlaubsbegleitung, die man sich vorstellen kann

Und für alle Tarangos auf Fuerteventura und im Rest der Welt;
verzeiht mir meine Phantasie. Ihr macht einen tollen Job!

Prolog

Der Wind an der Westküste Fuerteventuras kann unerbittlich sein. Kaum ein Dorf hat sich im Lauf der Jahrhunderte an der wellenumtosten Seite der Kanareninsel angesiedelt. Bis heute von Menschenhand unberührt, ragen die Felsen der Insel in die Gischt des Atlantiks.

Ganz besonders heftig pfiff der Wind in einer Januarnacht des Jahres 1994. Stärke elf wurde auf den Messinstrumenten überschritten. Zu viel für die »American Star«. Sie hielt der Naturgewalt nicht stand. Das über fünfzig Jahre alte Schiff riss sich von den Schleppern los, die es begleiteten, und wurde von den Böen an die Küste gedrückt. Ein Sieg der Natur über Mensch und Technik.

Wie durch ein Wunder konnte die Mannschaft von dem havarierten Dampfer im sturmgepeitschten Meer gerettet werden. Die gruselige Geschichte bescherte Fuerteventura eine ungeahnte Attraktion, denn auf Touristen übte das Wrack eine magische Wirkung aus: Scharenweise zog es die Schaulustigen auf die unwirtliche Seite der Insel, bis es schließlich von Salzwasser und neuerlichen Stürmen nach und nach zerfressen wurde.

Fast hätte man die Havarie damals von der einsamen weißen Villa in den kargen Bergen an der Westküste aus beobachten können. Seit Jahren hatte sie schon niemand mehr betreten. Für die Katastrophentouristen, die zur »American Star« pilgerten, lag das Anwesen zu weit ab vom Schuss, Einheimische mieden den Ort sowieso. Zu viele Geschichten haben ihre Vorfahren über diese geheimnisvolle Villa erzählt.

Ein deutscher Industrieller soll sie gebaut haben, wohl Mitte der vierziger Jahre. Eine unruhige Zeit in Europa. Nazi soll er gewesen sein. Es heißt, der Mann aus dem Schwarzwald habe möglicherweise einen unterirdischen U-Boot-Hafen geplant. Andere Inselbewohner schwören bis heute, dass von hier aus der Abtransport untergetauchter Größen der NSDAP nach Chile oder Argentinien organisiert werden sollte.

Vor allem aber stößt man bei den älteren Einheimischen auf eine Mauer des Schweigens, wenn es um die seltsame Villa geht, die inmitten einer unfruchtbaren Mondlandschaft offiziell als Mittelpunkt einer Tomatenplantage errichtet wurde.

Ungläubig schüttelten die Fischer von Morro Jable die Köpfe, als sie seinerzeit von den Plänen hörten, dass in den kahlen Bergen über ihrem abgelegenen Ort Gemüse wachsen sollte. Man hörte auch, der Deutsche habe auf einem flachen Landstück im äußersten Südosten der Insel eine Landepiste für Flugzeuge anlegen lassen. Gerüchte über Gerüchte machten damals die Runde, viele Fragen blieben bis heute unbeantwortet. Nach dem Tod des geheimnisvollen Industriellen im Jahr 1971 begann die Villa zu verfallen.

Heute pfeift der Wind durch die scheibenlosen Fenster, ab und zu löst sich ein Dachziegel, in windstillen Momenten hört man gelegentlich den Putz bröckeln. Einen blühenden Tomatenstrauch hat seit der Errichtung niemand gesehen.

Und doch weckt dieser unheimliche Ort immer noch Begehrlichkeiten. Eine spanische Baufirma behauptet, rechtmäßiger Eigentümer des Landhauses zu sein, die Nachfahren des Erbauers ebenso. 2007 fand ein Treffen beider Seiten direkt am Streitobjekt statt. Es konnte keine gütliche Einigung gefunden werden. Allerdings hörte man seitdem weder die Baufirma noch die Erben weiterhin Anspruch auf das Haus erheben. Möglicherweise ist beiden Parteien klar geworden, dass sich ein Streit um die Ödnis nicht weiter lohnt.

1

Das Ziel

Menschen sollen nicht lügen und keine Intrigen spinnen. Polizisten erst recht nicht. Brigitte wusste das. Aber sie musste aus persönlichem Interesse im Sommer mal kurz gegen dieses Gebot verstoßen. Seit zwei Jahren arbeitete sie bei der Polizeidirektion Hersfeld-Rotenburg, und seit zwei Jahren gelang es ihr nur unzureichend, die Aufmerksamkeit ihres Kollegen Daniel auf sich zu lenken.

Daniel gehörte zu den Männern, die in Brigittes Freundinnenkreis »Ausstrahlungs-Ignoranten« genannt wurden. Damit bezeichneten die Mädels von ihrem Stammtisch Typen, die sich selbst ihrer Wirkung gegenüber Frauen nicht bewusst waren. Perlen, die also selbst noch nicht entdeckt hatten, wie hell sie strahlen. Tatsächlich schien sich Daniel mehr für Kriminalfälle, elektronische Musik und für seine Volleyballmannschaft zu interessieren als für die Frauen um sich herum. Und das machte ihn natürlich umso interessanter.

Zeit ihres Lebens führte Brigitte den Misserfolg bei Männern vor allem auf ihren Vornamen zurück. In der Tat war es 1981 nicht mehr üblich, Neugeborene Brigitte zu nennen. Ihre Eltern wollten mit dieser Geste eine solvente Großtante beglücken und hofften auf eine entsprechende Würdigung im Testament. Dazu kam es leider nicht. Der Geldsegen blieb aus, und die kleine Brigitte durfte sich seit nunmehr dreiunddreißig Jahren für ihren Namen rechtfertigen.

Im Sommer jedenfalls – und hier beginnt die Intrige – setzte sich Daniel eines Tages auf ihren Schreibtisch und hatte eine Bitte.

»Sag mal, Brigitte, du hast doch mal erzählt, dass eine Freundin von dir ein Reisebüro hat.«

Brigitte nickte und hoffte, Daniel möge sich nur für eine Reise und nicht für ihre Freundin interessieren.

»Ich will im November mal raus. Zwei Wochen. Irgendwohin, wo es noch warm ist. Ob sie mir da was empfehlen kann?«

Brigitte griff nach einem Kugelschreiber und kreiste damit

durch ihre lockigen Haare. Übersprunghandlung, sollte sexy wirken.

»Ja, die Anne. Die kann dir bestimmt weiterhelfen. ›Reiseoase‹ am Rathaus, direkt in der Fußgängerzone. Soll ich dir ihre Nummer geben?«

Daniel winkte ab. »Nee, danke, der Name reicht mir schon. Dann gehe ich da mal persönlich vorbei. ›Reiseoase‹, Anne, das kann ich mir merken. Danke dir.« Und schon war er wieder weg.

Brigitte konnte sich ziemlich genau vorstellen, was jetzt passierte: Daniel ging zu Anne, erklärte ihr, dass er Sonne und schöne Frauen suchte, buchte einen Urlaub und kam frisch verliebt aus dem Süden wieder. Aber so leicht wollte sie es ihm nicht machen! Beherzt griff sie zum Telefon und wählte die Nummer der »Reiseoase«.

»Hallo Anne, hier ist Bridgie.«

Im Kreis ihrer Mädels ließ sie sich mit einem Spitznamen ansprechen, den hier auf dem Revier besser niemand erfuhr. »Du, hör mal, in den nächsten Tagen kommt ein Daniel Rohde bei dir vorbei. Du weißt schon, der Kollege, von dem ich dir erzählt habe. Ja, der mit den blauen Augen. Der will eine Reise bei dir buchen. Und da wollte ich dich um Folgendes bitten …«

Nachdem Bridgie mit ihrer Freundin Anne telefonisch einen Plan geschmiedet hatte, legte sie triumphierend auf. Sie grinste dabei maliziös und kam sich ausgesprochen listig vor.

***

Zu keiner Jahreszeit sind die Kanaren so beliebt wie im späten Herbst, wenn in Deutschland die Tage grau und kurz sind und die Kälte beginnt, unbarmherzig durch alle Ritzen zu ziehen. Ein Hotelier, der seinen Laden zwischen Mitte November und dem Ende der Weihnachtsferien nicht voll hatte, musste auf den Inseln des ewigen Frühlings schon einiges falsch gemacht haben.

Der Club Tarango im Süden Fuerteventuras hatte in den letzten Jahren nichts falsch gemacht, dementsprechend gut gebucht war er in dieser zweiten Novemberwoche. Die Sonne schien zwar nicht mehr ganz so zuverlässig wie noch einige Wochen zuvor, trotzdem war kaum noch ein Zimmer zu bekommen in der traumhaften Anlage direkt am Strand von Jandía, der in keinem Prospekt oder Reiseführer ohne das Adjektiv »feinsandig« davonkam. Einige Ecken des Clubs waren zwar in die Jahre gekommen, der Gast wurde dafür aber mit altem Baumbestand, einem herrlich eingewachsenen Garten und der hervorragenden Lage seines Urlaubsdomizils entschädigt.

Nach dem üppigen Büfett war die große Bar zwischen Essenssaal, Pool und Theater allabendlich der Treffpunkt schlechthin. Süßliche Parfümschwaden mischten sich mit Zigarettenrauch, die Unterhaltungen der Gäste füllten den halb überdachten Barbereich mit einem vielstimmigen Gewirr.

Das Lieblingsthema der Urlauber war seit Jahren der Vergleich verschiedener Clubanlagen, die zur Tarango-Kette gehörten. Dabei ging es weniger um den Austausch von ernst gemeinten Informationen, vielmehr wollte ein jeder unter Beweis stellen, wie viel Tarango er sich in seinem Leben schon hatte leisten können. Die Küche im Club auf Kreta habe nachgelassen, hörte man, dafür seien die Tennisplätze an der Algarve in einem perfekten Zustand. Der Clubchef aus Apulien sei ins Salzburger Land versetzt worden, hieß es, und den Sketche-Abend in Ägypten müsse man miterlebt haben. Hauptzweck des selbstdarstellerischen Treibens war natürlich die maximale Beeindruckung des jeweils anderen Geschlechts.

Die Tarango-Kette war in den letzten Jahren dazu übergegangen, ihre Clubs auf bestimmte Zielgruppen zu spezialisieren. Die eine Anlage war ausschließlich auf die Interessen junger Eltern zugeschnitten, die andere bot ein besonders umfangreiches Sportangebot. Ein Club hatte sich verstärkt auf junge Flitterwöchler eingestellt, wieder ein anderer auf Golfspieler. Der Tarango auf Fuerteventura galt als Paradies für Alleinreisende und wurde Singles gern als lukrative Flirtbörse angepriesen.

Und die Gäste in diesen Novembertagen taten genau das, was der Tarango-Katalog mit ihnen vorhatte: anbändeln, schäkern, kokettieren und umwerben. Viele Gäste verwandelten sich unter der südlichen Sonne in völlig andere Menschen: zu Hause seriöser Geschäftsmann, hier der lockere Charmeur mit jeder Menge Schalk im Nacken. In Deutschland biedere Chefsekretärin, unter der Sonne des Südens die papageienbunt gewandete Lolita mit mädchenhaftem Augenaufschlag.

Eine dieser Urlaubs-Metamorphosen: Lothar Hanke aus Berlin, seit Jahrzehnten in der Hauptstadt eine Institution in puncto Immobilien. Kaum einer verstand es in den Zeiten vor der Wende so geschickt wie er, Fördermittel für die eingeschlossene Stadt abzugreifen. Seine Luxusdomizile sollten den Berlinern das fehlende Umland kompensieren.

In den Jahren nach der Wiedervereinigung bewies er einen sicheren Instinkt dafür, welche Gegenden im früheren Osten bald zu den beliebtesten Wohnlagen zählen würden. Wo ein Altbau nicht mehr zu renovieren war, zog Hanke ein neues Gebäude hoch. Wo Naturschutzbestimmungen das Bauen an Seen untersagten, war Hanke schneller und schuf Tatsachen, bevor die Behörden überhaupt erst darauf aufmerksam wurden. Das konnte auch mal schiefgehen – eine Residenz am Schwielowsee musste tatsächlich im Rohbauzustand wieder abgerissen werden –, aber die anderen Objekte finanzierten solche kleinen Niederlagen einfach mit.

Und für Niederlagen war der Tarango ohnehin nicht der richtige Ort. Hier zeigte man gern, was man hatte. Üppiger Schmuck für die Damen und kostspielige Markenkleidung für die Herren standen hoch im Kurs. Auch Lothar Hanke ließ durch sein Auftreten keinen Zweifel am Erfolg seiner Geschäfte aufkommen. In einem Polohemd, das aufgrund eines bestimmten Logos für rund hundert Euro über die Ladentheke gegangen war, stand er an der Bar. Dazu eine leichte Leinenhose und ein Paar gut gepflegter Slipper – so sahen Menschen aus, die sich um den einen oder anderen Fünfziger beim Kauf ihres Outfits keine Gedanken machen mussten.

Der Immobilieninvestor mit einem leichten Hang zur Selbstverliebtheit war heute Abend mächtig in Fahrt: Er poussierte mit drei Frauen gleichzeitig, schmiss eine Getränkerunde nach der anderen, rauchte und lachte. Es heißt ja gern, man solle solch einen schönen Abend auskosten, als wäre es der letzte im Leben. Ein treffendes Motto. Obwohl Lothar zu diesem

Zeitpunkt noch nicht ahnen konnte, dass es tatsächlich sein letzter werden sollte.

***

Ein wenig plagte Brigitte jetzt doch das schlechte Gewissen. Daniel saß voller Vorfreude auf den Urlaub neben ihr – und sie war daran schuld, dass er ins offene Messer laufen würde. Der Kriminalbeamte war tatsächlich kurz nach ihrem Gespräch im Sommer in Annes »Reiseoase« aufgetaucht. Sein Wunsch: Wärme im November, relaxen unter Palmen – und dabei am besten noch eine nette Frau kennenlernen.

Anne war ja von Bridgie instruiert worden und hatte sich schon etwas Schönes für den armen Daniel ausgedacht: Club Tarango, Fuerteventura, *der* Party- und Single-Hotspot. So jedenfalls wurde die Anlage im Katalog beschrieben. Das war auch richtig, allerdings hatte Anne vor drei Jahren im Rahmen einer Inforeise die Gelegenheit gehabt, die wilde Partymeute persönlich in Augenschein zu nehmen.

Begeistert über ihren Verschwörungsgeist hatte sie ihre Freundin gleich nach der Buchung angerufen.

»Bridgie, Schatz, dein Daniel war hier. Ich habe ihn nach Fuerteventura geschickt. In einen Club voll flirtwilliger Singles.«

Pause am anderen Ende der Leitung. Schließlich: »Was soll das, Anne, ich habe dir doch gesagt, dass er auf keinen Fall eine Frau kennenlernen darf, bevor er, ääh, also, bevor er mich näher kennengelernt hat.«

Gegacker in der Hersfelder »Reiseoase«.

»Das weiß ich doch, meine Süße. Und das wird dort auch auf keinen Fall passieren. Die ganzen Single-Eulen da sind nämlich jenseits der sechzig. Du musst wissen: Den Club gibt es schon ewig. Und das Publikum ist ein wenig, na ja, ich drücke es mal vornehm aus, mitgealtert. Ich war vor ein paar Jahren mal da. Falten, welkes Fleisch und Cellulitis, wo man nur hinguckt. Wenn der niedliche Daniel nicht gerade auf Ladys steht, die seine Oma sein könnten, kommt der genauso solo wieder nach Hause, wie er hingefahren ist. Und wenn du am Tag seiner

Rückkehr einen kurzen Rock anhast, heiratet er dich vom Fleck weg, nachdem er vierzehn Tage lang nur Visagen gesehen hat, die aussahen wie deine braune Lederhandtasche.«

Brigitte staunte. So viel Schäbigkeit hätte sie ihrer Freundin gar nicht zugetraut. »Du elendes Miststück. Das hast du sehr, sehr gut gemacht! Heute Abend Lust auf einen Aperol Spritz auf dem Linggplatz? Der geht auf meine Rechnung.«

Aus dem einen Aperol waren an dem Abend vier geworden – und aus dem Triumph Reue. Daniel hatte wirklich viel Geld für den Urlaub hingelegt und freute sich seit Wochen wie ein kleines Kind darauf. Deswegen wurde Brigitte ihre Intrige zunehmend unangenehm. Sogar so unangenehm, dass sie Daniel fragte, ob sie ihn zum Frankfurter Flughafen fahren sollte.

Und nun saß er im Auto neben ihr – in maximaler Erwartungshaltung auf einen heißen Flirturlaub, der keiner werden würde. Er hatte sich extra eine muschelbesetzte Surferkette gekauft und trug sogar an diesem trüben Novembertag auf der A 5 seine Sonnenbrille im Haar.

Verstohlen schielte Brigitte immer wieder auf ihren Kollegen neben sich. Er kam ihr vor wie ein freudvoll hechelnder Welpe. Sie fand das unbeschreiblich niedlich. Genauso wie seinen blonden Dreitagebart, seine blauen Augen und die Adern, die auf seinen trainierten Unterarmen feine Linien bildeten.

Je größer seine Freude wurde, desto mehr schämte sie sich. Zu allem Überfluss hatte er ihr auch noch einen Gutschein aus einer Parfümerie in der Hersfelder Fußgängerzone geschenkt. »Weil deine Freundin mich so gut beraten hat – und weil du mich zum Flughafen fährst.«

Oben am Rimberg mischten sich die ersten Schneeflocken unter den Regen, der aus tief hängenden Wolken fiel.

»Mensch, was bin ich froh, diesem Wetter jetzt zwei Wochen zu entfliehen. Deine Freundin hat gesagt, der November sei auf Fuerteventura traumhaft schön. Und der Club ist es auch. Tolles Essen, viel Sport und ein paar heiße Badenixen. Und das Beste: zwei Wochen lang keine Ermittlungen.« Daniel konnte nicht wissen, dass er sich nicht nur in puncto Badenixen irren sollte.

2

Der Sturz

Wenn man Netti Alvensleben gefragt hätte, wie es wohl klingt, wenn etwa fünfundachtzig Kilo Mensch auf dem flachen Steindach neben ihrem Bürofenster aufschlagen, hätte sie dieses Geräusch nur unzureichend oder falsch wiedergeben können. Sie hatte sich bis zu diesem Novembertag auf Fuerteventura allerdings auch noch nie Gedanken über diesen Sachverhalt gemacht. Man könnte es vielleicht am ehesten wie ein knarrendes Plumpsen mit leichtem Klackern beschreiben. Das Klackern mag von den Absätzen der teuren Lederhalbschuhe gekommen sein, vielleicht auch von der kostspieligen Armbanduhr. Möglicherweise klingt es aber auch einfach so, wenn Halswirbel brechen.

Nun jedenfalls lag Lothar Hanke vor Nettis Fenster, und sie machte sich aufgrund der verdrehten Lage seines Körpers nicht die geringsten Illusionen, dass da noch irgendetwas zu machen war. Dennoch war ihr erster Reflex: hin, so schnell wie möglich hin zu dem Mann und versuchen, noch in irgendeiner Art Erste Hilfe zu leisten. Netti kletterte also über den Fenstersims ihres Büros und lief die paar Meter zum schönen Lothar.

»Schöner Lothar«, das war der Spitzname des Mannes, der nun, elegant gekleidet wie immer, aber doch mächtig tot, vor ihr lag. Mechanisch knöpfte Netti Lothars Hemd am Ärmel auf. Ohne darüber nachzudenken, versuchte sie den Puls zu fühlen. So hatte sie es Anfang der achtziger Jahre in der Poliklinik in Halberstadt gelernt: Welche Blessur auch immer für die Einlieferung des Patienten verantwortlich ist, zuerst wird der Puls gefühlt.

Beim schönen Lothar war da nichts mehr. Trotzdem tätschelte Netti ihm ein paarmal unsanft die Wangen und rief seinen Namen. Ein Mensch ohne Pulsschlag reagiert darauf nicht mehr, auch wenn es dem schönen Lothar sicherlich zu Lebzeiten nie in den Sinn gekommen wäre, keine Reaktion zu zeigen, wenn eine jüngere Frau schon seinen Namen rief.

Nach dem ersten Hilfsreflex schoss Netti nun der Gedanke durch den Kopf, wie Lothar eigentlich auf das Steindach vor ihrem Büro kommen konnte. Es gab nur eine Lösung. Von oben.

Elf Stockwerke war das an das Flachdach angrenzende Haupthaus vom Club Tarango hoch, ganz oben pflegte der schöne Lothar im November für zwei Wochen ein Zimmer mit Leuchtturmblick zu buchen. Netti war zwar keine Kriminalsachverständige oder Pathologin, aber die beachtliche Torsion von Lothars Körper sprach nach ihrem Dafürhalten für einen Sturz aus großer Höhe. Also wahrscheinlich aus seinem eigenen Zimmer. Nachdem sie diese Frage für sich geklärt hatte, entschied sie sich, über die Beseitigungsproblematik nachzudenken.

Etwa sechzig Gästezimmer des Haupthauses hatten einen prachtvollen Blick auf das Dach. Für die allgemeine Reputation eines Hotels macht es sich nicht gut, Leichen auf dem Vordach liegen zu haben. Deswegen war Netti klar: Bevor irgendwelche weiteren Schritte eingeleitet werden konnten und sie Claus, den Clubchef, mit der Misere behelligte, musste Lothar aus dem Blickfeld. Und da gab es nur eine Möglichkeit: der Schornstein der Küche, die sich unter dem flachen Steindach befand. Der eckige, gemauerte Schlot würde fürs Erste Lothars Leiche vor den Blicken der Gäste schützen.

Es kostete sie zwar einiges an Überwindung, den verschrammten und verdrehten Körpers des einstigen Stammkunden unter den Achseln über das Dach zu ziehen, aber angesichts der Alternative, nämlich hysterisch kreischende Gäste auf ihren Balkonen, erschien es Netti das kleinere Übel zu sein. Trotzdem war die Erleichterung groß, als sie den toten Beau endlich im toten Winkel der Esse ablegen konnte.

***

Daniel Rohde hätte es wissen müssen. Der Satz »Das wird Ihnen gefallen« hatte ihm in seinem Leben noch nie Glück gebracht. Damals, als seine Friseurin ihn sagte, endete der Besuch mit

Strähnchen. Hohn und Spott des gesamten Kommissariats verfolgten den partiell erblondeten Ermittler wochenlang.

Warum bei ihm keine Alarmglocke schrillte, als die Maus aus dem Reisebüro wieder den verhängnisvollen Satz sprach, war ihm bis heute ein Rätsel. Fakt war: Er hatte auf sie gehört und zwei Wochen diesen »Adventure & Single«-Club auf Fuerteventura gebucht. Keine Kleinkinder, hordenweise hübsche Solo-Frauen, Sonne, Essen und alle Sportarten kostenlos, das klang für den siebenunddreißigjährigen Single zunächst nicht verkehrt.

Wie sich allerdings rausstellen sollte, waren die meisten Solo-Frauen im Club Tarango schon von der Pflicht entbunden, in die Rentenkasse einzuzahlen. Die Sonne im November entpuppte sich als launischer Reisebegleiter, und ein Kind hatte er auch schon entdeckt. Alles in diesem Hotel befremdete ihn: das Essen an Tischen mit bis zu sieben unbekannten Menschen, das ständige Geduze untereinander und die immerwährende gute Laune aus heiseren Animateurskehlen. Deswegen hatte er schon nach Tag zwei jegliche sportive Aktivität eingestellt. Es war einfach nicht sein Geschmack, wenn beim Beachvolleyball ständig einer »Hophophop« krächzte und während des Spiels abgegriffene Witze erzählte.

Darüber hinaus kam sich Rohde wie ein Landei vor. Der Kommissar hatte das Gefühl, als sei keiner der Gäste vom Dorf wie er oder wenigstens aus einer Kleinstadt. Alle Anwesenden, die zu einem großen Teil jahrzehntelange Tarango-Anhänger waren, kamen entweder aus München, Hamburg oder Köln. Dass er nicht gerade auf Nachbarn aus Wildeck-Bosserode treffen würde, war ihm klar. Aber von dem Umstand, dass offenbar ausschließlich die angegraute Großstadt-Schickeria vom »Adventure & Single«-Slogan angezogen würde, war weder in seinem Prospekt noch bei der Reisebüro-Maus in Bad Hersfeld die Rede gewesen.

Als er am vierten Tag das Clubgelände zum ersten Mal verließ, entdeckte er in einer gegenüberliegenden Shoppingmall wenigstens eine deutsche Kneipe, die Bundesligaspiele live übertrug. Gott sei Dank war englische Woche, und der arme

Rohde hatte wenigstens in den Abendstunden ein bisschen Spaß mit sich, Bier und Fußball.

***

»Das kann er nicht mit mir machen, DAS KANN ER EINFACH NICHT MIT MIR MACHEN.«

Wenn Dekorateur Rayk sich ereiferte, entbehrte es nie einer gewissen Komik. Rayk gehörte zu den Schwulen, die durch ihre näselnde Art zu sprechen sofort klarmachten, mit welcherlei Geschlecht sie ihr Bett am liebsten teilten. Ein weiteres Plus an Komik verlieh ihm sein Dialekt aus dem Süden Thüringens. Schon mit acht Jahren hatte Rayk als kleiner Kerl in Hildburghausen bemerkt, dass sein Leben irgendwie in eine andere Richtung verlief als das seiner Freunde um ihn herum. Sie wünschten sich zu ihren Geburtstagen Spielzeugautos und Fußbälle, Rayk orderte bei seinen Eltern wochenlang im Voraus ein Teeservice, das er im Konsum gesehen hatte.

Später folgten Hänseleien, eine schreckliche Zeit bei der NVA und schließlich eine Ausbildung als Requisiteur am Theater in Leipzig. Seiner persönlichen Entwicklung tat es gut, seinem Hochdeutsch nicht. Nach der Wende lebte Rayk ein paar Jahre seine sexuellen Phantasien in Berlin aus, bevor er über eine Annonce den Job als Dekorateur im Tarango fand.

Die erste Zeit war der Himmel auf Erden für ihn gewesen: Sonne, Kreativität, hier und da ein süßer Spanier, so hatte er sich das Paradies vorgestellt. Im Lauf der Jahre allerdings störte Rayk sich mehr und mehr an der kahlen Insel, dem ständigen Umgebensein von jüngeren Kollegen und den Weisungen seitens der Chef-Animation. Die letzten zehn Jahre bis zur Rente, hatte er deswegen beschlossen, würde er sich gern etwas Eigenes aufbauen.

Ein kleines Café in Berlin-Schöneberg, das wäre sein Traum. Seine Spezialität: monatlich neu dekorierte Räumlichkeiten, dazu eine übersichtliche Karte mit mediterranen Spezialitäten.

Kochen mussten alle »Tarangos«, wie die Mitarbeiter genannt wurden, sowieso. Die Gäste liebten es, wenn die Unterhaltungs-

Angestellten unter Scherzen beim Show-Cooking brieten, frittierten oder aufschnitten. Und von diesen Cooking-Stations hatte Rayk sich einiges für seinen späteren Traum abgeschaut. Natürlich fehlte ihm das Geld für das Café. Das Gehalt bei Tarango war höchstens mittelmäßig, und die Abende unter Kollegen, in denen eine Runde nach der anderen geschmissen wurde, ließen größere Anlagebeträge nicht zu. Aber es gab ja noch den schönen Lothar.

Rayk hatte Lothar Hanke gleich zu Beginn seiner Tarango-Karriere kennengelernt, etwa zwölf Jahre war das jetzt her. Der wohlhabende Stammgast hatte ihn mit einer außergewöhnlichen Bitte angesprochen: Während seines Urlaubs pflegte Hanke sich mit drei Damen intensiver zu vergnügen, die aber nichts voneinander wussten. Deswegen war es ihm wichtig, unter dem Personal einen Vertrauten zu haben.

Um die Geschäftsbeziehung kurz zu skizzieren: Hanke hatte seinen Spaß, und Rayk kümmerte sich um seine Alibis. Ein Schachabend mit dem Clubchef, ein Fährausflug nach Gran Canaria, ein Eselsritt an die Costa Calma, Rayk war phantasievoll, wenn es darum ging, seinen Auftraggeber bei den zwei aktuell zu hintergehenden Damen zu entschuldigen. Und Hanke im Gegenzug großzügig. Pro Urlaub versprach er Rayk zweitausend Euro für seine Dienstleistung. Das Geld wartete verzinst auf dem Konto einer Berliner Bank und sollte Rayk übergeben werden, sobald er die Pläne für sein Café umsetzen wollte. Mehr als zwanzigtausend Euro waren auf diesem Wege schon zusammengekommen.

Anlass für Rayks nasalen Wutausbruch war der Besuch, den Lothar ihm gestern am frühen Abend zwischen den Stoffballen der Requisite abgestattet hatte. Sichtlich zerknirscht bat der Gast den Deko-Tarango um eine Unterredung. In deren Verlauf wurde Rayk klargemacht, dass es mit dem Geld nichts wurde. Mehrere Immobiliengeschäfte seien in letzter Zeit nicht so gelaufen wie geplant, die Krise im Allgemeinen und Speziellen, fürchterliches Bedauern, aber das Geld habe anderweitig eingesetzt werden müssen. Hankes Auftritt hatte Rayk den Boden unter den Füßen weggezogen.

Der Geprellte hatte noch versucht, wenigstens einen Teil der versprochenen Summe zu bekommen, und an Lothar Hanke als Ehrenmann appelliert, auf dessen Wort man doch was geben könne. Aber nichts half. Unter heftigstem Entschuldigen wurde eine Zahlung des Geldes definitiv ausgeschlossen.

Diese niederschmetternde Nachricht trug Rayk fast einen ganzen Tag lang mit sich herum. Zu den Vereinbarungen zwischen ihm und Hanke hatte immer gehört, dass keine Tarango-Kollegen von seinem Zweitjob als Alibi-Beschaffer erfuhren. Zu groß wäre die Gefahr gewesen, dass durch Schwatzhaftigkeit eine der drei betroffenen Damen davon Wind bekam.

Da nun aber Hanke die Regel gebrochen hatte, sah sich Rayk auch nicht mehr dazu verpflichtet, zu schweigen. Er hatte sich Choreografin Litwina offenbart, erzählte ihr von den langen Jahren des organisierten Versteckspiels, davon, dass man ihn um Geld betrogen hatte, und steigerte sich schließlich unter Tränen in seine südthüringische Elegie.

***

»Und dann kam er mit einem Salzstreuer, den er extra vom Tisch mitgebracht hatte, an meine Cooking-Station und würzte vor den Augen aller Gäste die Soße meiner Albóndigas nach!«

Köchin Romana hatte ihren Kollegen Dave noch nie so aufgebracht erlebt. Mit dem Zeigefinger drosch er während des Satzes auf den Tisch vor ihm ein. Sonst kam er ihr fast stoisch vor. Selbst als der Chef de Rang Dave damals eröffnete, dass das Tattoo am Hals keine gute Idee gewesen sei, weil die Gäste so was wohl kaum schätzten, blieb der Hundert-Kilo-Koch die Ruhe selbst.

»Ick kann ja ma vasuchn, dit mit viel Seife abzuwaschen«, hatte er zurückberlinert, und damit war die Diskussion beendet. Zumindest sah er nach der Ansage seines Chefs von einem Nasenring ab, mit dem er schon eine Weile geliebäugelt hatte.

Aussehen hin oder her – sein Essen war ihm heilig. Wer je gesehen hatte, mit welcher Hingabe dieser Koloss schnippelte, würzte und abschmeckte, der wusste, dass es sich dabei nicht um einen Beruf, sondern um eine Berufung handelte. Das Rezept für seine Albóndigas, spanische Hackfleischklöße in einer pikanten Tomatensauce, hatte er sich von einem einheimischen Gastronomen geben lassen.

»Wenn der feine Herr eben sein ganzes Fressen nur noch mit Glutamat gewohnt ist, bitte, aber ich würze hier noch mit traditionellen Mitteln. Sonst könnte ich ja gleich im Schnellrestaurant anfangen, wo jeder Burger gleich schmeckt.«

Wenn Dave »Restaurant« sagte, klang es immer wie »Resterang«. Die Halsschlagader unter seinem frischen Tattoo schwoll bedenklich an.

Romana hielt wirklich große Stücke auf ihren Kollegen und konnte diese Flut von Beschwerden über sein Essen nicht nachvollziehen.

»Das Roastbeef soll zäh gewesen sein, die Gambas verkocht, die Knoblauchmayonnaise habe ihn drei Tage lang aufstoßen lassen, und das Wiener Schnitzel könne jeder Fiaker-Fahrer besser zubereiten«, ging Romana die Liste der Reklamationen durch, die der Chef Dave gestern überreicht hatte. »Und hier schreibt er sogar noch, dass er bedauert, dass für dieses Schnitzel ein unschuldiges Kälbchen sterben musste.«

»Das wäre alles nicht so schlimm, wenn ich schon vier Jahre hier wäre und fest angestellt. Aber du weißt genauso gut wie ich, dass meine Probezeit erst in drei Wochen endet – und dass ich danach als freier Mitarbeiter immer noch zum Abschuss freigegeben bin. Und mit so 'ner Latte an Gemäkel werden die sich dreimal überlegen, ob die mich hierbehalten wollen. Es ist zum Kotzen.«

»Tja«, seufzte Romana. »Oder wenn die Beschwerde von irgendeinem Gast gekommen wäre, der nicht schon seinen zwanzigsten Urlaub hier verbringt. Aber du weißt genau, wie pingelig die bei Stammgästen sind. Und besonders, wenn es so ein wichtiger Typ ist wie Lothar Hanke.«

***

Wenn Bonnie in Aufruhr geriet, wogte ihr ganzer Körper. Man sah es zwar nicht auf Anhieb, weil sie es geschickt verstand, ihre Kilos in Saris, Kaftane oder Mu'umu'us zu hüllen, aber man ahnte, dass unter ihren gewickelten Roben einiges in Wallung sein musste.

An diesem Nachmittag vibrierte sie von oben bis unten. Bonnie hatte am gestrigen Abend eine Entdeckung gemacht, die sie veranlasste, sich anschließend nach allen Regeln der Kunst die Lichter auszuknipsen. Spät und verkatert wurde sie wach. Eine gehörige Portion Reue war außerdem mit dabei. Nicht darüber, dass sie fast zwei Flaschen Wein allein geleert hatte, sondern über ihr kindisches Detektivspiel gestern Abend.

Ihr war das Verhalten ihrer Bekannten Gitta schon den ganzen Urlaub über so seltsam vorgekommen. Zum ersten Mal seit zwanzig Jahren hatte sie plötzlich Verdacht geschöpft. Und gestern Abend … diese Art, wie Gitta über Lothars Scherze lachte, die war irgendwie ranschmeißend. Signalisierend. Bereitschaft signalisierend.

Bonnie verabschiedete sich von der Bar früher als üblich und legte sich dann auf die Lauer. Sie kam sich schon ziemlich blöd vor, fast zwei Stunden hinter dieser Säule im elften Stock zu warten.

Aber ihr Instinkt hatte sie nicht getrogen. Kurz nach Mitternacht öffnete sich die Aufzugstür. Gitta giggelte albern und hing wie eine Teenagerin am schönen Lothar. In nur wenigen Zentimetern Entfernung streiften die beiden an der Säule vorbei, die Gott sei Dank breit genug war, um Bonnies Volumen komplett zu verstecken. Am Ende des Ganges verschwanden die beiden im Zimmer vom schönen Lothar.

Bonnie musste nicht einmal ihre Position hinter der Säule verlassen und an der Tür lauschen, um mitzubekommen, dass man keine Zeit verstreichen ließ, um sich dem eigentlichen Zweck der nächtlichen Visite zu widmen. Sie fand es abstoßend und vulgär, wie zwei Menschen über sechzig derartige Geräusche machen konnten. Und noch dazu in einem Gebäude, in dem zu diesem Zeitpunkt schon Dutzende Gäste schliefen. Keinen Gedanken verschwendete sie daran, dass sie mit demselben Mann noch zwei Nächte vorher ähnlich lustvoll gequiekt hatte.

Nach der Observation ging Bonnie in ihr Zimmer und legte sich auf ihr Bett. Gedanken jagten ihr durch den Kopf, und sie versuchte, dieses Karussell zu bremsen, indem sie sich über den Wein hermachte, den die Putzfrau im Auftrag von Clubchef Claus guten Kunden zur Ankunft aufs Zimmer stellte. Nach einer Flasche war sie enthemmt genug, um aus dem Abstellraum der Reinigungskraft auf ihrer Etage eine weitere Flasche zu stibitzen. Am Boden ihres alkoholischen Diebesgutes angekommen, sank die dicke Frau in einen traumlosen Schlaf.

Am nächsten Tag funktionierte sie das nachmittägliche Kaffee- und Kuchenangebot zu einem Frühstück um und traf dort ihre Freundin Regine. Eigentlich hatte sie sich vorgenommen, von der nächtlichen Beschattung und deren Ergebnis nichts zu erzählen. Zu peinlich war es ihr, wie ein Backfisch hinter ihrem Schwarm herspioniert zu haben. Aber irgendwie machte sie der Restalkohol redselig. Und aggressiv.

Deswegen bahnte sich die Verbitterung über ihre Aktion und Beobachtung jetzt den Weg nach draußen. Nun saß sie also von oben bis unten vibrierend auf einem schmalen Stuhl, und die leeren Kuchenteller schepperten bedrohlich auf dem Marmortischchen vor ihr, das sie entweder mit ihren ausladenden Brüsten oder mit ihren feisten Oberschenkeln zum Wackeln brachte.

Und die bemitleidenswerte Regine musste sich die ganze Empörung anhören. Bemitleidenswert auch deswegen, weil sie ebenfalls zum Kreis der Damen gehörte, die Lothar mit auf sein Zimmer nahm. Und weil sie ebenfalls zu den Damen gehörte, die dachten, sie hätten ihn exklusiv für sich. Aber das konnte Bonnie natürlich nicht ahnen.

***

Clubchef Claus gehörte zu den Menschen, die selbst in gekühlten Räumen und ohne sich zu bewegen immer schwitzig aussahen. Drogerieregale mit Produkten für trockene Haut waren eine Tabuzone für ihn. Beim Show-Cooking sah sein Gesicht aus wie das Antlitz eines Triathleten kurz vor dem Zieleinlauf.

Feuchtelnd wie eh und je fand Netti ihren Chef am Schreibtisch im Nachbarzimmer vor, nachdem sie das Projekt »Lothar-Beiseiteschaffen« beendet hatte. Auch ihr tropfte der Schweiß, denn einen erwachsenen Toten über ein halbes Vordach zu zerren, gehörte nicht zu ihren alltäglichen Pflichten. »Claus …« Sie merkte, dass ihre Stimme stärker zitterte, als sie das eigentlich wollte.

Der Chef sah sie über seine Lesebrille hinweg an.

»Claus«, wiederholte sie, »der Lothar Hanke ist tot. Der muss vom Balkon gefallen sein. Das hat neben meinem Fenster geklatscht, und dann lag der da. Ich konnte ihm nicht helfen.«

»Was? Lothar Hanke? Vom Balkon? Aber das Geländer ist doch … ist doch hoch genug. War der besoffen?«

»Ich glaube nicht, roch nicht so. Ich bin gleich raus und hab den Puls gefühlt, da hätte ich das mitbekommen.«

»Hanke, mein Gott.« Claus' Schweißproduktion vervielfachte sich. Diese verdammten Drüsen! »Und wo ist der jetzt?«

»Ich habe ihn hinter dem Schornstein von der Küche … abgelegt.« Netti zögerte ein wenig beim Wort »abgelegt«, weil es ihr gegenüber einem Menschen, der vor zehn Minuten noch gelebt hatte, pietätlos vorkam. Aber ein besseres fiel ihr nicht ein.

»Sehr gut, sehr gut, da sehen ihn die anderen Gäste nicht«, sagte Claus mehr zu sich selbst, bevor er sich wieder an Netti wandte: »Was ist, wenn es kein Unfall war? Ich meine, ein Mann von Mitte sechzig ist doch nicht so hektisch auf seinem Balkon zugange, dass er runterfällt …«

Darüber hatte Netti noch gar nicht nachgedacht. Ihr Helf-und-Wegräum-Reflex hatte sie die Sturzursache ausblenden lassen.

»Du meinst, jemand hat den da runtergeschmissen? Dann wäre das ja so was wie Mord.« Jegliche Gesichtsfarbe entwich der tapferen Sekretärin.

Claus nickte. »Dann wäre das Mord, Netti, und wir hätten

ein ganz ordentliches Problem am Hals. Wer fährt denn in einen Club, in dem die Gäste vom Balkon geworfen werden?«

»Keiner mehr …« Unvermittelt fing Netti an zu weinen. Die vergangenen Minuten waren einfach zu viel für sie gewesen.

Claus nahm sie in den Arm.

Schluchzend stieß sie hervor: »Das kann doch alles nicht sein. Ich habe es endlich geschafft, mit Dave im selben Club zu arbeiten, und dann liegt eine Leiche auf dem Dach. Das steht morgen in allen Zeitungen, und dann können wir hier dichtmachen.« Sie redete sich in Rage. »Die stornieren alle, und dann kommen Fotografen, und dann schreiben die ›Todesclub‹, und das war's dann für uns alle hier …«

Beruhigend streichelte Claus ihr über das Haar. Abgesehen von seiner Kopf-Transpiration war er bei den Kollegen ein beliebter Chef, der sich bei den meisten Entscheidungen menschlich und verständnisvoll zeigte.

»Netti, Netti, hör auf zu weinen. Wir kriegen das geregelt. Wir kriegen das hin. Ich weiß noch nicht, wie, aber wir kriegen das hin.«

Die üblichen Worte, die man so sagt, wenn man eine weinende Frau in den Armen hält, aber keinen Plan hat, wie die Situation zu lösen ist. Claus wollte gerade zu einem deeskalierenden »Schuschuschu« anheben, als Netti ihn aus verquollenen Augen anschaute.

»Weißt du, was eine Lösung wäre?«

Er schüttelte den Kopf.

»Lothar reist morgen früh ab. Keinem hier wird auffallen, wenn er nicht mehr da ist. Er muss nur weg. Die Leiche muss weg. Der hat doch zu Hause eh keine Frau. Keiner fragt. Niemand.« Netti wurde ganz hektisch, so sehr elektrisierte sie der Einfall.

Claus starrte sie an mit einem Blick, an dem man nicht ablesen konnte, ob er die Idee für völlig hirnverbrannt oder einfach nur genial hielt.

***

Daniel Rohde versuchte ja wirklich, sich zu entspannen. Er hatte sich noch zu Hause ein gutes Buch gekauft, nicht zu kompliziert, nicht zu aufreibend, aber das Gewusel am Strand ließ ihm keine Zeit, sich auf die Lektüre zu konzentrieren. Hinter seiner Liege spielten Gäste gegen Tarangos lautstark Boccia. Rechts von ihm hielt der Segel-Tarango krakeelend eine Reviereinweisung ab. Richtung Meer kämpften sich ein paar Frauen und der Bewegungs-Tarango bei der Beach-Gymnastik zu den Klängen von »Mr. Saxobeat« ab. Und von links näherte sich das Kind, das er schon vor Tagen entdeckt hatte.

Daniel konnte mit Kindern einfach nichts anfangen – und nur sein Single-Status bewahrte ihn mit bald Ende dreißig vor der bohrenden Frage, wann denn der Nachwuchs geplant sei.

Jetzt jedenfalls babbelte sich ein etwa zehnjähriger Junge von Liege zu Liege näher an seine heran, überall blieb der Fratz stehen und fragte die Strandbesucher irgendwas. Da sich Daniel auf sein Buch ohnehin nicht konzentrieren konnte, beschloss er, das impertinente Kind im Auge zu behalten. Wegen »Mr. Saxobeat« konnte er leider nicht verstehen, was jeweils gefragt und geantwortet wurde, bis der kleine Quälgeist in Badeshorts die ältere Dame auf der Nachbarliege in Beschlag nahm.

»Hallo, ich bin der Benny, wo kommst'n du her?«

Die Dame löste den Blick von ihrer Illustrierten und schaute amüsiert.

»Warum willst'n du das wissen?«, verfiel sie in Bennys Duktus.

»Weil ich von jedem größeren Ort in Deutschland weiß, in welchem Landkreis und in welchem Bundesland er liegt«, prahlte der Junge, verschränkte die Arme keck hinterm Rücken und streckte stolz seinen kleinen Bauch nach vorn.

»Na, da bin ich aber mal gespannt«, ließ sich die Lady auf das Spielchen ein. »Ich komme aus Bad Harzburg.« Den Ort betonte sie so, als habe Benny keine Chance.

»Kreis Goslar, Niedersachsen.«

Daniel konnte aus seinem Kenntnisstand heraus nicht überprüfen, ob das stimmte, aber die Bewunderung im Gesicht der Dame deutete auf eine korrekte Antwort hin. Sie beugte sich über ihre Tasche und schenkte dem Kind unter anerkennenden Worten einige getrocknete Datteln.

Die Geschenkübergabe gab Daniel für wenige Sekunden die Möglichkeit, seine Vorgehensweise mit sich selbst abzustimmen. Erstens: Kind ignorieren? Zweitens: Kind in Fremdsprache antworten? Oder drittens: Kind auf die Probe stellen? Noch bevor Daniel mit sich einig war, in welcher Fremdsprache das Kind abgewimmelt werden sollte, drang der Rest von Bennys Einstiegsfrage an sein Ohr. »...st'n du her?«

Innerhalb von Sekundenbruchteilen bekam Reaktionsmöglichkeit drei den Zuschlag.

»Wildeck-Bosserode. Das kennst du bestimmt nicht.« In den zweiten Satz legte Daniel eine gehörige Portion Großkotzigkeit, die er schon bereute, als Bennys Miene sich wissend aufhellte.

»Endlich mal was Schweres.« Das Kind war begeistert, Daniel litt. »Das gehört zum Kreis Hersfeld-Rotenburg und liegt im Osten von Hessen.«

»Stimmt.« Daniel hatte gelernt, Niederlagen einzugestehen, wenn auch nur wortkarg. Er wünschte sich sehr, Benny würde weiterziehen, diesen Gefallen tat das Kind ihm aber nicht.

»Ich habe jetzt aber kein Dörrobst für dich«, versuchte der düpierte Osthesse die Konversation zu beenden.

»Nicht schlimm, mir war nur wichtig, dass ich es wusste«, zog Benny einen Schlussstrich unter den Dialog und stakste weiter.

Daniel fühlte sich wie ein Nationalspieler, der soeben gegen einen Regionalliga-Torwart einen Elfmeter verschossen hatte.

***

Koch Dave schwante sofort, dass irgendwas in Schieflage geraten sein musste, als Clubchef Claus mit Daves Freundin Netti im Schlepptau bei ihm aufkreuzte. Als Claus für die Unterredung dann auch noch ins kleine Küchenbüro drängte, war Dave endgültig auf Alarm gepolt.

Ohne Umschweife kam der Clubchef zur Sache: »Dave, du bist noch nicht lange bei uns, aber ich vertraue dir, du bist schließlich Nettis Lebensgefährte. Was wir hier jetzt besprechen, ist absolut geheim, hast du verstanden?«

Viel misszuverstehen gab es bisher ja nicht.

»Kennst du den Kühlraum bei den Tennisplätzen? Der ist doch noch in Betrieb?«

»Ja, dort bewahren wir die eiserne Reserve an Lebensmitteln auf, falls es auf der Insel nix mehr gibt.«

Das Kühlhaus war ein Relikt aus den achtziger Jahren. Damals stand Tennis noch höher im Kurs als heute, abends fand wöchentlich ein Barbecue an der Tennisbar statt.

»Genau dieses«, bestätigte Claus. »Das werden wir brauchen. Allerdings nicht für Lebensmittel.«

Obwohl niemand zuhören konnte in dem fensterlosen Büro, beugte sich Claus näher an Dave heran. Er flüsterte fast. »Ein Gast ist gestorben. Aber nicht auf normale Weise. Er ist wohl vom Balkon gefallen. Elfter Stock. Direkt vor Nettis Bürofenster. Sofort tot, nichts zu machen. Jetzt ist es so ... wir gehen davon aus, dass er nicht freiwillig von diesem Balkon gefallen ist. Der Mann ist Mitte sechzig, war nicht besoffen und voller Lebenslust. Ich schließe einen Selbstmord aus.«

Dave bekam von Sekunde zu Sekunde größere Augen. Unfassbar, was Claus ihm da erzählte.

»Er könnte geschubst oder gestoßen worden sein. Das wäre dann Mord oder wenigstens Totschlag«, fuhr Claus fort.

Mittlerweile dämmerte Dave, welche Art von Zweckentfremdung auf das Kühlhaus am Tennisplatz wartete.

»Der Gast reist morgen ab, er lebt allein. Wenn er hier verschwinden würde, könnte ihm sonst was zugestoßen sein. Ertrunken von mir aus. Der Atlantik ist berüchtigt dafür. Das Kühlhaus ist natürlich keine Dauerlösung, aber bis uns was Besseres einfällt ...«

Dave sah mit seinen Tätowierungen zwar ein wenig wild aus, war aber sanft wie ein Lamm und Inhaber eines ausgeprägten Gerechtigkeitsempfindens. Daher war der Kühlhaus-Gedanke völlig abwegig für ihn.

»Wenn einer vom Balkon fliegt, muss man zur Polizei gehen. Ich meine, schön und gut, wenn wir ihn verschwinden lassen, ist dieses Problem erst mal gelöst, aber wenn es wirklich ein Anschlag war, dann läuft der Mörder hier im Club rum. Da muss doch ermittelt werden.«

Jetzt ergriff Netti das Wort: »Dave, wenn hier die Polizei antanzt, dann steht das am nächsten Tag in der Zeitung. Am übernächsten sagen die Gäste ihre Buchungen ab, und den Monat darauf können wir schließen. Und dann suchen hundertfünfzig Leute einen neuen Job. Glaub mir, so ist das am besten.«

Claus schaltete sich wieder ein. »Natürlich hast du grundlegend recht, Dave, wo jemand auf unnatürliche Art und Weise gestorben ist, muss die Polizei her. Mir ist auch nicht geheuer bei dem Gedanken, die Leiche einfach wegzuschaffen. Aber du musst auch bedenken, es ermittelt hier die spanische Polizei. Und ich kenne diesen Typen, der dann da aus Puerto del Rosario kommt. Carlos Ruiz Diaz, den hatte ich schon mal in der Anlage, als unser Wasserski-Tarango einen anderen Gast im Meer mit dem Boot angefahren hatte. Dieser Ruiz Diaz ist ein Nationalist, wie er im Buche steht. Der hätte am liebsten Franco zurück und alle Deutschen raus aus Fuerteventura. Der hätte größte Freude daran, mir den Tarango auf den Kopf zu stellen – und zwar ohne Rücksicht auf Verluste. Und wenn hundertfünfzig Mitarbeiter auf andere Clubs verteilt werden müssen, dann dürfte es schwierig werden, dass du mit Netti wieder in denselben Laden kommst. Du profitierst also auch davon.«

Dieses Argument saß. Schließlich hatte es fast drei Jahre gedauert, bis die Tarango-Zentrale einen gemeinsamen Club für Netti und Dave gefunden hatte.

»Okay, aaber … nuur unter einer Bedingung«, sagte Dave gedehnt. »Wenn irgendwann doch die Polizei eingeschaltet wird und die ihn finden, habe ich nichts davon gewusst, dass in meinem Kühlhaus ein Toter liegt. Und Netti auch nicht. Klar?«

Damit musste Claus die Verantwortung allein auf sich nehmen, obwohl Netti als Erstes die Idee gekommen war, den Toten verschwinden zu lassen. Aber der Chef war auf die Hilfe seines Kochs angewiesen, allein schon beim Wegtragen. Deswegen stimmte er zu.

»Okay, falls irgendwas auffliegt, kam die Idee von mir. Es darf nur nichts auffliegen.«

Die drei vereinbarten noch, die Leiche in einer Stunde gemeinsam vom Dach zu entfernen, bevor Dave abschließend die Frage stellte: »Wer ist der Tote eigentlich? Ein auffälliger Gast, den man kennt?«

»In der Tat«, antwortete Claus. »Es ist der schöne Lothar.«

Diese Nachricht traf den Koch wie ein Schlag in die Magengrube. Gerade der Gast, über den er sich vorhin noch so zügellos echauffiert hatte. Dave war klar, dass ihm die Schimpftirade vor seiner Kollegin einen sicheren Platz im Kreis der Verdächtigen bescheren würde.

***

Claus kam sich vor wie Louis de Funès im Film »Hasch mich, ich bin der Mörder«, in dem der hektische Franzose krampfhaft versucht, eine Leiche loszuwerden. Die Beseitigung des schönen Lothar stellte den Clubchef vor völlig neue Herausforderungen. Alles musste jetzt sehr schnell gehen. In welcher Art von Verhüllung zum Beispiel sollte man den Toten vom Dach Richtung Tennisbar transportieren? Durch eine Clubanlage, in der sich knapp siebenhundert Gäste befanden? In einen Teppich rollen? Das war nun wirklich etwas zu klischeebeladen.

Claus hatte sich nach dem Besuch bei Dave in der Küche in seinem Büro den Generalschlüssel geholt und war in den elften Stock gefahren. Schließlich musste Lothars Zimmer geräumt werden, bevor das Housekeeping misstrauisch wegen des fehlenden Gastes wurde.

Schnell raffte Claus die Kleidungsstücke und sonstigen Habseligkeiten im Zimmer des Toten zusammen und stopfte sie achtlos in Lothars teuren Alukoffer. Schwitzend kümmerte er sich anschließend um die Utensilien im Bad. Ihm fiel dabei ein Parfüm in einem sehr femininen Zerstäuber in die Hände. Das wunderte Claus zwar kurz, er wollte sich im Zimmer des Toten aber erst mal keine Gedanken darüber machen. Wichtiger war, dass zunächst Lothars Kram und dann seine Leiche wegkamen.

Nach der hektischen Zimmerräumung trug Claus das Gepäck des toten Schönlings in seine Privatwohnung, anschließend zog sich der Clubdirektor zum Nachdenken in sein Büro zurück.

Er ging im Geist allerhand Gegenstände durch, die groß genug waren, um eine erwachsene Leiche zu fassen. Gedankenverloren starrte er auf die Bilder der schönsten Motto-Büfetts der letzten Jahre, die seinem Schreibtisch gegenüberhingen. Und fand genau dort die Lösung seines Problems: Für den Motto-Abend »Bräurosls Oktoberfest« hatte Dekorateur Rayk seinerzeit einen metergroßen Gebirgszug aus Pappmaschee geformt. Zwischen Zugspitze und Großglockner wäre genügend Platz für Lothar, denn innen war das Gebilde hohl. Die Bergkette könnte man auf einem Rollwagen zum Dach transportieren, Lothar reinlegen und ab zum Kühlhaus. Natürlich konnte Claus Rayk gegenüber nicht den wahren Grund nennen, weswegen er das Gebirge ausborgen wollte. Aber auch dafür hatte er eine Idee.

Claus griff zum Telefon und wählte die interne Nummer von Rayks Fundusbüro. Gott sei Dank meldete der sich schnell, schließlich sollte der schöne Lothar nicht stundenlang in der Nachmittagssonne liegen bleiben. Wird man eigentlich noch braun, wenn man tot ist? Der Clubchef verwarf den Gedanken und versuchte, sich auf das Gespräch zu konzentrieren.

»Ja, Rayk, hör mal, hier ist der Claus. Du, wir haben doch noch irgendwo diese Bergkulisse rumstehen vom Oktoberfest?«

Am anderen Ende der Leitung näselte es zustimmend.

»Und zwar hat die Edith vom Housekeeping übermorgen Geburtstag. Und die kommt doch aus Zell am See. Ich weiß, dass sie die Berge so vermisst. Und da dachte ich, wir legen ihr Geschenk auf dieser Kulisse vor ihr Zimmer, na?«

Claus versuchte, so harmlos wie möglich zu klingen, in Anbetracht des wahren Verwendungszwecks des Gebirgszugs gar nicht einfach, aber Rayk biss sofort an.

»Duuu, total schöne Idee. Das Ding steht hier eh nur im Weg. Bringen wir das der Edith vors Zimmer. Ich kümmer mich drum, dass es übermorgen früh bei Edith ist.«

Anflug von Panik.

»Nee, Rayk, ähhm, bring das erst mal zu mir. Und zwar

gleich. Denn, ähh, ich will das noch ausmessen. Weißte, damit die Putztrolleys noch dran vorbeipassen, wenn das im Housekeeping-Trakt steht.«

Claus fand seine spontane Begründung ganz glaubwürdig.

Rayk wohl auch.

»Okay, du, ich schwebe gleich mit dem Ding bei dir ein. Tschüssi.«

Claus fragte sich kurz, ob »Tschüssi« Rayks Homosexualität oder seiner ostdeutschen Herkunft geschuldet war, und rief dann bei Dave an, der mit Netti in der Küche geblieben war, bis die Transportmodalitäten feststanden. Dave kam auch aus dem Ostteil Berlins. Er sagte aber nicht »Tschüssi«.

Worüber man so nachdenkt, während man eine Leiche auf dem Vordach liegen hat, wunderte sich Claus. Wie auch immer: Die Leichenbeseitigung konnte beginnen.

***

Netti hatte mit dem Schornstein des Vordachs instinktiv ein optimales Versteck gewählt. Der Platz dahinter lag komplett im toten Winkel zu den Balkonen des Haupthauses. Mit einem Laken bewaffnet stiegen Claus und Dave über die Feuertreppe, während die Sekretärin unten neben dem eilends herangerollten Gebirge Posten bezog, um zu überwachen, dass keine Gäste vorbeikamen. Gott sei Dank war der Weg hinter dem Vordach nur bei An- und Abreisen besser frequentiert, momentan war niemand in Sicht, der das seltsame Schauspiel in der Nachmittagssonne hätte beobachten können.

Claus und Dave wickelten den toten und mittlerweile ziemlich kalten Lothar in das Laken und wuchteten die große weiße Stoffwurst Richtung Feuertreppe. Diese zwanzig Sekunden waren die heikelste Phase der Aktion, denn wenn sie nun jemand sehen würde, wäre jegliche Erklärung für das Treiben auf dem Dach ziemlich hanebüchen. Aber sie hatten Glück, niemand kam vorbei und niemand schien sie von einem der Balkone aus zu beobachten, als sie vorübergehend den Schutz des toten Winkels verlassen mussten.

Unten angekommen, rollerte Netti den Alpenhauptkamm herbei, in dessen von hinten offenem Bauch der leblose Körper nun verschwand. Diese Öffnung hatte Claus schon frühzeitig als Schwachpunkt erkannt, deswegen hatte er die Tischdecke seines Besprechungstischs zur Beseitigungsaktion mitgebracht und breitete diese nun über dem hinteren Teil der Bergspitzen aus.

Zu dritt schoben Claus, Netti und Dave die Alpenlandschaft durch den Club, vorbei am Atelier, an der Boutique, am Außenbereich des Restaurants, über die Poollandschaft bis zur Tennisbar. Allerseits wurden die Gäste währenddessen freundlich gegrüßt und Scherzchen über das rollende Gebirge gemacht. Der heftig schwitzende Claus ließ sich von drei Rheinländerinnen sogar zu einem kurzen Schuhplattler überreden und kam sich in diesem Augenblick dem toten Lothar gegenüber besonders schäbig vor.

Im Kühlhaus an der Tennisbar angekommen, bahnte sich Dave den Weg durch gefrorenes Gemüse, eingeschweißtes Fleisch, tiefgekühlten Fisch und Desserts. Normalerweise kam diese eiserne Ration für die Gäste nie zum Einsatz, deswegen fehlten dem Berliner Koch auch die Skrupel, zwischen den Lebensmitteln eine geeignete Ablage für eine Leiche zu finden. Hinter mehreren Zehn-Kilo-Säcken mit Erbsen meinte er, eine adäquate Stelle ausgemacht zu haben.

»Hier kann er hin.«

Während Netti wieder Schmiere stand, wuchteten die beiden Männer den Leichen-Wrap aus dem Gebirge und bugsierten ihn zu seiner nicht letzten, aber zumindest vorübergehenden Ruhestätte.

Den Rest des Tages ging jeder der drei seinen Aufgaben nach, und alle versuchten, möglichst wenig an Lothar und das Kühlhaus zu denken. Netti sortierte noch ein paar Bewerbungsunterlagen und traf sich danach mit ihrer Freundin Anneke aus der Boutique zum Yoga. Claus telefonierte in finanziellen Angelegenheiten mit der Zentrale in Deutschland und bemühte sich, die Situation in seinem Club so normal wie möglich erscheinen zu lassen. Dave widmete sich der Vorbereitung von Vorspeisen für das Motto-Büfett »Neptuns Reich« und versuchte, das Abendessen zu überstehen, ohne Verdacht zu erregen. Kein Wort mehr zu seiner Kollegin Romana über die Verärgerung wegen Lothars Beschwerde. Später tranken Dave und Netti auf dem Balkon ihres winzigen Personalzimmers Wein und Brandy durcheinander. Beiden merkte man an, dass sie das Thema Lothar in ihrer oberflächlichen Unterhaltung auf jeden Fall ausklammern wollten.

Irgendwann hielt Dave das Geplänkel nicht mehr aus und zog Netti sanft ins Zimmer. Er schloss die Balkontür, denn worüber er nun sprechen wollte, sollte niemand hören.

»Netti, ich denke schon den ganzen Abend darüber nach. So geht das nicht«, hob er zur Ausschüttung seines Herzen an. »Es reicht nicht, den Lothar wegzuschaffen. Jetzt ist er im Kühlhaus, in ein paar Tagen schmeißen wir ihn vielleicht ins Meer. Aber hier in unserem Club läuft irgendeiner rum, der ihn da runtergeworfen hat. Das finde ich viel gefährlicher als die Presse, die davon Wind bekommen könnte. Stell dir vor, das ist keine persönliche Sache zwischen Lothar und irgendwem gewesen, sondern ein Irrer ist hier im Hotel unterwegs und schmeißt Leute in die Tiefe.«

Netti überlegte und ließ ihren Freund an ihren Gedanken teilhaben.

»Nein, Dave, ich glaube schon, dass das Lothar persönlich galt. Der Typ kommt hier seit Jahren hin und ist wohl kein einfacher Mensch. Meckert viel, legt sich mit Gästen an, wenn sein Stammplatz besetzt wird, soll auch viele Frauengeschichten haben. Aus Krimis weiß ich, Eifersucht ist Mordursache Nummer eins …«

Netti schob ein amüsiertes Schnaufen nach. Dass ihr Wissen aus Fernsehkrimis jemals eine Rolle spielen würde, hätte sie nicht gedacht.

»Mag sein«, lenkte Dave ein, »mag sein, dass der Anschlag nur Lothar galt und die anderen Gäste nicht in Gefahr sind. Trotzdem läuft dann ein Mörder hier rum, verstehst du, ein Mörder! Das müssen wir aufklären lassen. Außerdem …« Dave stockte.

»Was ist?«, fragte Netti.

»Außerdem … ach Mist, ich hab Scheiße gebaut, Netti. Ich habe mich tierisch über Lothar aufgeregt.« Dave schilderte, wie der Gast ihn gekränkt und wie er sich darüber vor Romana ereifert hatte. »Wenn das einer mitgekriegt hat, der von Lothars Tod erfährt, bin ich sofort verdächtig. Deswegen will ich das aufgeklärt haben.«

Netti schaute ihren Freund entsetzt an. Dave als Verdächtiger! Ausgeschlossen. Sie wusste ihn nach fünf Jahren Beziehung einzuschätzen. Noch nie war ein Streit eskaliert. Lieber lenkte er ein, als zusätzliche Schärfe in eine Auseinandersetzung zu bringen. Und überhaupt, er hatte bisher am vehementesten gefordert, die Geschichte aufzuklären. Das hätte Dave ja nicht getan, wenn er da in irgendetwas hineingeraten sein sollte.

Deswegen beruhigte Netti sich schnell wieder und versicherte ihrem Freund: »Ja, ich verstehe dich. Und wohler wäre mir bei dem Gedanken auch. Obwohl ich natürlich weiß, dass du damit nichts zu tun hast. Aber wer soll sich um die Sache kümmern? Dieser spanische Kommissar muss ja wohl unmöglich sein …«

Beim Wort Kommissar wäre Dave fast zusammengezuckt, so sehr durchfuhr ihn die Idee, die ihm gerade in den Sinn kam.

»Ich könnte mir vorstellen, dass es da eine Lösung geben könnte … aber das klären wir morgen …«

3

Der Auftrag

Wenn Daniel Rohde am Clubleben eins gefiel, dann war es das Essen. Er war ins Büfett-Schlaraffenland geraten. Dreimal am Tag wurden herrliche Mahlzeiten gezaubert, dazu nachmittags noch eine Kuchentafel und zu später Stunde ein Mitternachtssnack. Keinen Moment lang merkte man, dass man Urlaub auf einer komplett unfruchtbaren Insel machte.

Die Essensstände und die dazugehörige Dekoration waren für den tiefkühlkosttrainierten Single ein wahrer Garten Eden. Gott sei Dank war Daniel ein guter Kalorienverbrenner, kaum etwas setzte bei ihm an. Jeden Morgen gönnte er sich ein Omelett, das ein Küchen-Tarango frisch nach den Wünschen des Gastes zubereitete. Meist stand dieser freundliche Berliner Koch hinter der Omelett-Theke, der vor drei Tagen bei einer Jeep-Safari zufällig im selben Wagen wie Daniel gesessen hatte. Heute ebenfalls. Daniel gab seine Bestellung auf und postierte sich neben der Cooking-Station, um den Werdegang seines Eierkuchens zu verfolgen.

Plötzlich beugte sich der Koch zu ihm herüber und flüsterte: »Ich müsste dich mal sprechen. Kannst du nach dem Frühstück zur Halfpipe hinter der Küche kommen? Elf Uhr?«

Damit hatte Daniel nun gar nicht gerechnet.

»Ja, von mir aus, aber um was geht es denn?«

»Kann ich nicht sagen, komm bitte einfach«, zischelte Dave noch eine Spur konspirativer.

»Okay, ich habe eh nichts Besseres vor«, sagte Daniel leichthin und erhielt vom erleichterten Koch-Tarango sein Omelett mit spanischer Würzwurst und Tomaten ausgehändigt.

Zum Frühstück gelang es häufiger, einen der Achtertische für sich allein zu bekommen. Deswegen hatte Daniel Zeit, über Daves Anfrage zu sinnieren. Was konnte der Kerl von ihm wollen? Noch einen Ausflug planen? Dazu musste man sich nicht an der Halfpipe treffen. Vielleicht eine Frau in seinem Auftrag klarmachen? Dave sah aber eigentlich so aus, als hätte er das selbst im Griff. Oder ... nachher war Dave schwul und scharf auf Daniel? Vom Aussehen her hätte der Koch auch in die Bärenszene gepasst mit seinen vielen Tattoos und dem Bart. Hm, so richtig konnte sich Daniel keinen Reim darauf machen. Unkonzentriert blätterte er nach dem Frühstück eine Autozeitung auf seiner Liege durch und wartete auf das vereinbarte Treffen.

Als er um elf an der Skateboardrampe hinter der Küche eintraf, wartete Dave schon auf ihn. Die beiden hatten sich auf der Jeep-Tour über ihre Jobs unterhalten, und der Koch hatte bei Daniels Schilderung seiner Fälle den Eindruck gewonnen, dass es sich bei ihm um einen guten Cop handelte.

Hektisch zog Dave an einer filterlosen Zigarette, die er wegschnippte, als Daniel auftauchte. Er bedeutete dem Gast, sich mit ihm auf die unbenutzte Halfpipe zu setzen.

Dave machte ein Gesicht, als wolle er im Folgenden einen Text loswerden, an dessen Vorbereitung er gedanklich eine Weile gearbeitet hatte.

»Daniel«, fing er an, »wir kennen uns kaum. Ich weiß auch nicht, ob ich etwas total Verrücktes tu. Aber ich erzähle dir jetzt etwas und habe anschließend eine Bitte an dich. Wenn du sie nicht erfüllen kannst oder willst, musst du alles sofort wieder vergessen, was ich dir erzählt habe. Kannst du mir das versprechen?«

Natürlich würde Daniel nicht vergessen können, was Dave ihm zu erzählen plante, aber er konnte zumindest versprechen, darüber zu schweigen. Also willigte er einigermaßen verwirrt ein.

Dave erzählte ihm die ganze Geschichte mit Lothar und dem Dach und dem Kühlhaus. Er sparte auch den Teil nicht aus, der ihn selbst zu einem der Verdächtigen machen könnte. Daniel hörte schweigend zu, schüttelte von Zeit zu Zeit leicht den Kopf und bekam langsam eine Ahnung, wie die Bitte am Schluss dieser unglaublichen Geschichte aussehen könnte.

Es kam wie erwartet.

»... und da habe ich gedacht, du bist Kriminalist, und du hast mir erzählt, dass dir langweilig ist. Wir können hier nicht weitermachen wie bisher, wenn es tatsächlich einen Mörder auf dem Gelände geben sollte. Der Fall muss aufgeklärt werden. Und weil dieser spanische Kripo-Futzi ja wohl gar nicht geht, musst du uns helfen. Du hast das doch gelernt«, schloss Dave Vortrag und Bitte ab.

Die Formulierung »Du hast das doch gelernt« fand Daniel fast schon niedlich, allerdings ging es jetzt um eine Entscheidung und nicht ums Amüsement. Spontan sprach für Daniel alles gegen die angebotene Mission.

»Dave, wie stellst du dir das denn vor? Ich habe überhaupt keine Ausrüstung dabei und keinerlei Handhabe. Ich kann nicht zu den Gästen sagen, so, jetzt mal bitte alle ihre Fingerabdrücke abliefern, und selbst wenn, mir fehlt komplett das Equipment, um überhaupt Spuren am Tatort zu sichern.«

Dave war fast froh, dass Daniel so reagierte. Das war immerhin kein Nein.

»Ja, aber du kennst die Fragetechniken, du kriegst das aus den Leuten raus. Ich dachte mir Folgendes: Wir kennen die Tatzeit genau. Wir wissen, wo und wie der Mord passiert ist. Wir finden heraus, wer mit Lothar zu tun hatte, und grenzen den Täterkreis immer weiter ein.«

Kein schlechtes Gespür für Kriminalistik, aber trotzdem völlig unrealistisch, dachte Daniel.

»Und die Verdächtigen lade ich dann vor, blende sie mit einer Schreibtischlampe und führe Verhöre durch, oder wie denkst du dir das?«, höhnte der Kriminalbeamte. »Nee, Dave, das kann nichts werden. Ich verspreche dir, ich sage keinem Menschen einen Ton, aber eine Mörderjagd ohne jegliche rechtliche Legitimation, das ist nichts. Sei mir nicht böse.«

»Aber genau das ist es doch. Wir haben hier wahrscheinlich einen Mörder!« Dave wurde heftiger. »Claus sagt, Lothar ist kein Typ für einen Selbstmord. Aus Versehen fliegt man nicht vom Balkon. Gibt es bei Polizisten nicht so was wie einen hippokratischen Eid? Ärzte müssen helfen, ist das nicht auch dein Berufsethos? Ein Krimineller muss gefunden werden …«

Dave funkelte ihn spitzbübisch an. Ethos! Er ahnte, dass seine Argumentation nicht schlecht gelungen war.

Daniel fuhr sich durch die Haare.

»Ich kriege einen Riesenärger, wenn das rauskommt. Kannst Du Dir vorstellen, was mein Chef zu Hause dazu sagen würde? Ich führe im Ausland Ermittlungen durch ohne Amtshilfegesuch bei der spanischen Polizei …«

»Amtshilfegesuch!«, fuhr ihm Dave über den Mund. »Das ist doch genau der Bürokratiescheiß, über den ihr euch sonst immer beschwert. Diese Situation ist nicht dafür da, den formal korrekten Dienstweg einzuhalten.«

»Nicht in diesem Ton, ja? Ihr habt hier eine unmögliche Bitte, und ich soll für euch in meinem Urlaub arbeiten, ja?«

Dave ging auf Konfrontation. »Und du hast mir auf der Jeep-Tour vorgejammert, dass dir der Urlaub eh keinen Spaß macht. Keine Weiber, nix zu tun. Jetzt könnten wir dich wirklich gebrauchen, aber wahrscheinlich möchtest du lieber mit den älteren Damen Bridge spielen oder dich vom Kennzeichen-Kind belatschern lassen.«

Daniel war erstaunt. »Das hast du mitbekommen?«

»Ich habe von der Strandbar aus gesehen, wie dieser armselige Wurm alle Gäste am Strand belästigt hat. Und der fragt eh jeden dasselbe.«

Die Abneigung gegen Benny machte Dave Daniel noch sympathischer. Und die Aussicht auf Spielkarten-Nachmittage im Kreise gütiger Greise war wirklich nicht berauschend. Außerdem war auf der Insel kein aktueller »Kicker«, keine »11 Freunde« und keine »Auto, Motor und Sport« erhältlich. Der Unterhaltungsfaktor der kommenden sechs Tage war also eher gering.

Daniel konnte später selbst nicht erklären, was ihn dazu trieb, aber er willigte schließlich ein, den Tarangos bei der Aufklärung des mutmaßlichen Mordes behilflich zu sein. Der bullige Koch strahlte ihn an und war kurz davor, den Gast in den Arm zu nehmen, fand das dann aber offenbar doch zu unmännlich und verzichtete darauf.

»Okay, dann gehen wir jetzt zu Claus und Netti, wenn du Zeit hast«, sagte er stattdessen.

Daniel machte eine Bewegung, die irgendwo zwischen

Nicken und Schulterzucken angesiedelt war. Er wusste eh nicht, wer Claus und Netti waren.

***

»Claus, das ist Daniel.«

Der Koch präsentierte dem Clubchef den Kriminalbeamten wie ein besonders gut gelungenes Stück Truthahnkeule.

»Daniel ist bei der Polizei. Also bei der deutschen Polizei. Und er wird uns helfen, den Fall aufzuklären. Ich habe ihm schon alles erzählt, wir können offen reden.«

Wenn man Claus und Netti in diesem Augenblick gefilmt hätte, wäre in der Zeitlupe sehr schön zu beobachten gewesen, wie beiden gleichzeitig die Dimension von Daniels Anwesen- und Eingeweihtheit klar wurde. Ein Gast wusste vom toten Lothar! Genau das, was es dringend zu vermeiden galt.

Netti setzte an: »Aber, Dave, das ist …«

Weiter kam sie nicht, weil sie vom rationalen Claus ausgebremst wurde.

»Das ist sehr gut, Dave. Ich habe darüber auch nachgedacht. Die ganze Nacht. Wenn Lothar sich nicht selbst vom Balkon gestürzt hat, läuft hier ein Mörder rum. Und den müssen wir finden. Mit den spanischen Behörden will ich nichts zu tun haben, es freut mich also sehr, dass du hier bist«, wandte er sich gefasst direkt an Daniel und reichte ihm seine feuchtelnde rechte Hand. »Meinst du denn, es gibt irgendeine Möglichkeit, den Schuldigen zu finden?«

Daniel wusste, dass es an dieser Stelle keinen Sinn mehr hatte, über die eingeschränkten Ermittlungsmöglichkeiten zu lamentieren. Stattdessen hielt er es für sinnvoller, Mut zu verbreiten.

»Also, ich kann mir das schon vorstellen. Wir müssen herausfinden, wer Stress mit diesem Lothar hatte. Dave hat mir schon erzählt, dass er sich schrecklich über ihn geärgert hat. Ich werde also auch dich nach einem Alibi befragen müssen«, sagte der Kriminalist mit einem Seitenblick zum Koch. »Bei den anderen Gästen wird es schwieriger. Ich kann ihnen ja nicht sagen, worum es geht. Aber das nehme ich als Herausforderung.

Ein Verhör quasi, ohne dass sie es wissen. Wir müssen vorher nur den Kreis der Verdächtigen einschränken. Wann finden die nächsten Abreisen statt?«

Bei solchen Fragen war Netti im Bilde.

»Übermorgen Nachmittag gehen die Maschinen nach Düsseldorf und Tegel raus. Bis dahin musst du den Mörder also haben.« Die Sekretärin versuchte, die angespannte Situation mit diesem Scherz aufzulockern, Daniel war allerdings schon voll konzentriert.

»Okay, übermorgen. Wie finden wir heraus, wer einen Grund gehabt haben könnte, Lothar über die Brüstung zu werfen? Gibt es Gäste, die besonders intensiven Kontakt zu ihm hatten?«

Keiner in der Runde fühlte sich berufen, dazu etwas beizusteuern.

Schließlich meldete sich Claus zu Wort: »Dave ist erst seit ein paar Monaten hier. Netti bleibt tagsüber im Büro und kriegt nicht viel mit. Und ich? Also, ich habe wirklich zu viel zu tun, um mitzubekommen, welche Gäste miteinander Kontakt haben und welche nicht. Und selbst wenn, dann kenne ich nur die Gesichter und keine Namen …«

Das hatte sich Daniel bei dem familiären Getue zwischen Tarangos und Gästen einfacher vorgestellt.

»Wenn ich es richtig verstanden habe, ist Lothar Hanke seit vielen Jahren Gast im Club.«

Einhelliges Nicken.

»Er muss in dieser langen Zeit doch irgendwelche Bindungen aufgebaut haben.«

Netti hatte eine Idee. »Ich könnte ja mal schauen, ob es Gäste gibt, die immer zur gleichen Zeit da waren wie Lothar. Wir leben hier ja mittlerweile überwiegend von langjährigen Stammgästen.«

»Das habe ich bemerkt«, nuschelte Daniel mit einem leichten Augenrollen und musste wieder an die versprochenen Solo-Frauen denken.

Netti war voller Eifer. »Das dauert zwar ein bisschen, aber das packe ich. Soll ich mich gleich dranmachen?«

Da niemand einen besseren Ansatzpunkt hatte, ließen die

Männer Netti nach nebenan zu ihrem Computer verschwinden. Bevor die Sekretärin begann, in die Tasten zu hauen, wurde im Nachbarzimmer die Musik lauter gedreht. Die Band Pur, Netti pfiff mit.

Daniel versuchte, Hartmut Engler auszublenden und sich zu konzentrieren. »Also, wenn wir den Kreis der Gäste eingrenzen können, bleiben noch zwei weitere Gruppen von möglichen Tätern. Zum einen Externe, die sich zur Tatzeit auf dem Clubgelände aufgehalten haben …«

Claus unterbrach: »Das ist gar kein Problem, Daniel. Das Areal ist sehr gut bewacht und kann nur durch die Pforte zur Straße von Fremden betreten werden. Jeder braucht einen Besucherausweis, die Namen werden notiert. Das macht zwar eine spanische Fremdfirma, aber die Jungs sind mehr als zuverlässig. Besorge ich dir.«

Dieser Punkt stimmte Daniel zufrieden. »Perfekt. Und dann gibt es noch den potenziellen Täterkreis Nummer drei: die Angestellten.«

Claus schaute nachdenklich. »Hier arbeiten hundertfünfzig Leute. Keinem davon würde ich einen Mord zutrauen. Aber du hast natürlich recht, Daniel, wir müssen auch sie in Betracht ziehen. Hm. Das macht den Täterkreis aber ganz schön groß.«

Daniel hatte sich vorgenommen, Optimismus zu verströmen. »Nicht, wenn wir herausfinden, wer von diesen hundertzwanzig näher mit Lothar zu tun hatte. Hast du mal irgendwas beobachtet, Claus?«

Der Clubchef dachte eine Weile nach und kraulte währenddessen mit Daumen und Zeigefinger sein feuchtes Kinn. »Mir fiele da Rayk ein. Das ist unser Dekorateur. Ihn habe ich abends ein paarmal mit Lothar an der Bar gesehen. Und vielleicht noch Astrid, unsere Tennislehrerin. Bei ihr hat Lothar mal Stunden genommen, das weiß ich. Aber Astrid, warte mal …« Claus stand auf und öffnete Nettis Tür. »Sag mal, Netti, ist Astrid noch in Deutschland?«

»Ja, die kommt erst nächste Woche wieder. Die Eltern haben Goldene Hochzeit und so was feiert man in Passau wohl mehrere Tage lang.«

Claus kehrte an seinen Schreibtisch zurück. »Also, Astrid fällt aus. Sie hat ein niederbayrisches Alibi.«

Daniel lehnte sich in seinem Stuhl zurück und rekapitulierte: »Dann verbleiben wir folgendermaßen: Claus findet raus, welche fremden Menschen zur Tatzeit im Club waren. Netti schaut nach Übereinstimmungen bei den Stammgästen. Und ich werde solange mal diesen Rayk kennenlernen.«

Claus und Dave grinsten.

»Ein guter Plan«, meinte Claus.

»Viel Spaß«, flötete Dave und knickte zur Verabschiedung sein Handgelenk merkwürdig ab.

Daniel wusste zwar nicht, was das zu bedeuten hatte. Aber er freute sich über ein Gefühl, das er seit einer Woche vermisst hatte: Spaß an diesem Urlaub zu bekommen.

***

Daniel wollte in der ganzen Angelegenheit keine Zeit verlieren. Auf dem Weg zu Rayks Atelier legte er sich eine miese, kleine Geschichte parat, die den Dekorateur zum Plaudern bringen sollte. Er fand den Bühnenbauer schwer beschäftigt hinter einer riesigen Statue von Falco, die bei der morgigen Musicalshow zum Einsatz kommen sollte.

»Rayk?«, sprach Daniel den konzentrierten Künstler an, der auf einer Leiter stehend soeben eine übergroße Sonnenbrille auf Falcos Gesicht platzieren wollte.

»Nu?«, tönte es von oben herunter.

Durch seine osthessische Herkunft wusste Daniel, dass das der thüringische Ausdruck für »Ja« war.

»Rayk, ich habe mal kurz eine Frage, aber wenn ich störe, komme ich später wieder ...« Daniel wollte schon gehen, denn Rayk sah wirklich *sehr* beschäftigt aus.

»Schöne Männer stören nie«, flötete es aus der Höhe, »warte, ich komme runter.«

Jetzt war Daniel klar, was Daves Handbewegung zum Abschied zu bedeuten hatte. Rayk stand also auf Männer. Kann nicht zu meinem Schaden sein, sagte ihm sein kriminalistischer

Verstand. Kurz zuckte Daniel der Gedanke durch den Kopf, Lothar könnte eine Art Doppelleben geführt und sich hier auf der Insel mit Männern ausgetobt haben. Er verwarf ihn aber und besann sich auf seine zurechtgelegte Story.

»Hi Rayk.« Daniel gab dem Dekorateur die Hand, als der von der Leiter gestiegen war. »Ich bin Justus. Ich habe ein ungewöhnliches Anliegen …«

Alles an Rayk signalisierte die Bereitschaft, »Justus« bei jedwedem Anliegen behilflich zu sein.

»Und zwar geht es um meinen Vater, Lothar Hanke. Ich weiß gar nicht, ob er hier mal erwähnt hat, dass er einen Sohn hat …«

Rayk schüttelte den Kopf, wurde aber beim Namen Lothar Hanke schon spürbar reservierter.

»Es ist so«, setzte Daniel seine Lügengeschichte fort, »mein Vater geht bald in Rente. Und ich möchte ihm zu diesem Anlass etwas Schönes schenken. Ich habe gehört, dass ihr euch näher kennt?«

Jetzt zeigte sich Rayk eher abwehrend. »Na ja, näher kennen ist zu viel gesagt, aber wir haben uns ein paarmal unterhalten, das ist schon richtig.«

Gut, erste Hürde umschifft, dachte Daniel. Also weiter. »Ja, weißt du, in Deutschland war mein Vater kein Freund der großen Worte. Immer nur seine Immobiliengeschäfte und so …« Aus den paar Informationen, die Daniel über Lothar hatte, versuchte er das Beste herauszuholen. »Aber hier im Urlaub war er wohl immer viel gelöster. Leider ist er heute Morgen ja schon abgereist. Früher als geplant, er hatte einen wichtigen Notartermin. Jedenfalls habe ich das Gefühl, dass ihm die Insel guttut. Und da dachte ich, ob ich ihm vielleicht eine Freude mache, wenn ich ihm zum Einstieg in die Rente hier ein Ferienhaus schenke. Geld spielt für mich keine Rolle, verstehst du?«

Daniel kam sich komisch vor bei diesem Satz, denn er gehörte sonst nicht zum Repertoire eines Polizeibeamten.

Rayk kniff sein linkes Auge leicht zusammen.

Daniel hatte das Gefühl, auf einem guten Weg zu sein.

»Ich wollte deswegen nur von dir wissen, ob du dir vorstellen könntest …«

An dieser Stelle unterbrach Rayk sein Gegenüber.

»Klar, Justus, ein Ferienhaus hier wäre bestimmt ein Traum für Lothar. Aber da musst du schon tief in die Tasche greifen. Ohne Pool wäre das nichts für ihn, er ist ja so eine Wasserratte. Und seit er bei Astrid Trainerstunden genommen hat, ist Tennis sein größtes Hobby geworden. Also, wenn noch ein Tennisplatz dabei wäre, dann würde er sich bestimmt freuen.«

Irgendwie hatte Daniel den Eindruck, dass Rayk freudlos mit seiner schönen Idee mit dem Ferienhaus umging. Fast gereizt klang seine Antwort. Also weiter provozieren.

»Na, wie gesagt, Geld ist kein Problem, ich weiß nur nicht, ob wir ein Objekt finden, dass seinen Ansprüchennnn …«

In diesem Augenblick packte Rayk Daniel völlig unerwartet am Kragen seines Polohemdes und drückte ihn gegen die nächste Wand. So viel Kraft hatte Daniel ihm gar nicht zugetraut. Aus dem interessierten Dekorateur war nichts weniger als eine Furie geworden. Rayk ließ ihn nicht los und blaffte ihm genau ins Gesicht.

»Geld ist also kein Problem, Herr Hanke junior???«

Spucketröpfchen übersäten Daniels Gesicht.

»Aber der Herr Vater kommt hier vorgestern zu mir reinmarschiert und streicht mir meinen Anteil? Ja? Über zwanzigtausend Euro! Und der Herr Sohn will jetzt ein Ferienhaus kaufen für seinen feinen Herrn Vater mit Pool und TEN-NIS-PLATZ?«

Wahre Speichelfontänen überzogen mittlerweile Daniels Wangen.

»Rayk, hör auf!«, versuchte er sich zu wehren. »Ich kann nichts dafür … Ich habe mein Vermögen mit einer eigenen Firma gemacht, mein Vater hat nichts damit zu tun. Und ich kann nichts dafür, wenn er dir Geld vorenthält.«

Rayk ließ von seinem Opfer ab und schnaufte schwer.

»Was für einen Anteil meinst du denn überhaupt? Und steckt mein Vater wirklich in so großen finanziellen Nöten?«

Rayk drehte sich weg. »Das musst du beides schon selbst rausfinden, Justus. Ich kann dir nur sagen, lass dich hier nicht wieder blicken. Mach dir einen schönen Urlaub und kauf deinem Vater sein Traumhaus. Aber komm nie wieder in meine Werkstatt, hörst du? Nie wieder!« Rayk wandte sich ab und ließ den Kommissar mit dieser Ansage stehen.

Daniel trollte sich, immer noch ganz benommen von dem unerwarteten Wutausbruch des Deko-Tarangos. Im Weggehen meinte er, aus Rayks Richtung ein leises Schluchzen zu vernehmen.

***

Netti verband an diesem Mittag das Angenehme mit dem Nützlichen. Nützlich war möglicherweise ihre Suche nach Buchungsübereinstimmungen zum schönen Lothar. Angenehm kam ihr vor, das Mittagessen deswegen ausfallen zu lassen. Nettis Hüften waren ein wenig rundlicher geworden, seit sie mit Dave zusammen war. Eine Beziehung mit einem übergewichtigen Koch färbt wohl irgendwie ab.

Die Gästesuche entpuppte sich als langwierig. Bei knapp siebenhundert Betten musste Netti zig Namen durch die interne Suche jagen und einige Misserfolge einstecken. Das Ehepaar Dr. Furtwängler war zwar siebenmal gleichzeitig mit Lothar im Club, reiste aber zwei Tage vor der vermutlichen Tat ab. Hilmar und Beate Knopf aus Iserlohn kamen sogar auf zwölf gemeinsame Aufenthaltszeiten mit dem Toten, waren aber in diesem Jahr gar nicht gekommen.

Nach ewigem Hin und Her blieben vier Namen übrig: Regine Sauer aus Hamburg, Bonnie Effertz aus Neuss, Gitta Heinemann aus München und Robert von Moltzahn aus Braunschweig. Alle vier waren mindestens fünfmal zur selben Zeit wie Lothar Hanke im Club gewesen, manchmal sogar exakt dieselben vierzehn Tage.

Die Sekretärin war nicht unzufrieden mit ihrem Ergebnis, gönnte sich Pur noch etwas lauter und im Anschluss ein paar deutsche Weingummis, von denen sie immer eine Notration in ihrer Schreibtischschublade aufbewahrte. Netti mochte spanischen Wein, die Sprache und das Wetter. Aber an der

Fruchtgummi-Qualität mussten die hiesigen Produzenten aus ihrer Sicht noch dringend arbeiten.

Stolz wollte sie Claus ihre Rechercheergebnisse präsentieren, fast zeitgleich mit ihrer Verbindungstür öffnete sich aber auch die Eingangstür, die von außen in Claus' Büro führte. Der Polizist kam rein – und auch er sah so aus, als habe er etwas zu erzählen. Netti ließ Daniel den Vortritt, schließlich war er immer noch Gast, auch wenn man das durch seine neue Rolle fast hätte vergessen können.

»Ihr glaubt es nicht, ich habe etwas wirklich Verdächtiges rausgefunden«, eröffnete Daniel ungefragt den Reigen der Berichte. Er erzählte von seinem Trick, sich als Lothars Sohn auszugeben, Rayks Wutausbruch und dem Ermittlungsergebnis, dass der Tote Rayk offenbar mehr als zwanzigtausend Euro schuldete.

»Das klingt aber wirklich seltsam«, befand Claus. »Um was kann es da gegangen sein? Daniel, hältst du es für möglich, dass es … ähm … sexuelle Gefälligkeiten gewesen sein könnten?«

Netti und Daniel schüttelten den Kopf. Die Frau war schneller.

»Lothar schwul? Niemals! Dieser Frauenheld. Und dann mit Rayk? Ha!«

Daniel hatte einen anderen Grund, weswegen er von dieser Version nichts hielt.

»Rayk sprach von seinem ›Anteil‹, sagte er. »Das klingt für mich eher nach einer anderen Art von Geschäft. Und er hat sich auch nur über das Geld aufgeregt, ich glaube nicht, dass Liebe oder Sex da eine Rolle gespielt haben. Aber Geld ist nach Eifersucht Mordmotiv Nummer zwei, wir sollten Rayk auf jeden Fall im Auge behalten. Netti, hast du so was wie ein Flipchart?«

Die Angesprochene verschwand kurz in ihrem Büro und kehrte mit einer Stehtafel wieder.

Daniel musste grinsen. Wo Deutsche in einem Büro sitzen, stehen auch Flipcharts. Selbst hier, kurz vor der Küste Afrikas. Der Kriminalbeamte teilte den Papierbogen mit einem Strich in zwei Felder. Links war Platz für den Namen der Verdächtigen, rechts fürs Motiv. Als Erstes trug er »Rayk« und »zwanzigtausend Euro« ein.

»Hast du schon etwas herausgefunden, Netti?«

Stolz präsentierte die Sekretärin ihr Ergebnis.

Daniel trug die vier Namen ebenfalls in seine Liste ein.

»Wir haben zwar bei diesen Leuten noch keinerlei Motiv, aber sie könnten Lothar zumindest schon länger gekannt haben. Deswegen gehören sie für mich zu den Verdächtigen, wenn auch nur zum entferntesten Kreis. Claus, kennst du irgendjemand von diesen Gästen?«

Der Clubchef dachte kurz nach.

»Ich glaube, Bonnie Effertz, das sagt mir was. Eine Bonnie hat schon oft beim Poolquiz gewonnen, wenn ich moderiert habe. Wenn die das ist, handelt es sich um eine dicke, laute Frau, die jede Filmmusik an den ersten drei Takten erkennt. So was wird beim Poolquiz gern abgefragt. Alle anderen Namen sagen mir nichts. Hast du die jeweiligen Zimmernummern, Netti?« Claus' rechte Hand schien eine Sternstunde zu haben.

»Na klar, die drei Damen sind im Haupthaus untergebracht, Robert von Moltzahn im Village.« So wurde im Tarango das Dorf aus zwei- bis dreigeschossigen Bungalows genannt, die das Haupthaus umsäumten. »Moltzahn hat Zimmer 1024.«

Claus stutzte. »1024? Ist das nicht eines der barrierefreien Zimmer? Ist Moltzahn behindert?«

Netti verschwand rasch im Nebenzimmer, man hörte ihre Tastatur klappern. »Nee«, tönte es von nebenan, »wir haben gerade keine Gäste mit Behinderung, sagt das System. Kann sein, dass wir das Zimmer an ihn dann einfach so vergeben haben.«

Schade, dachte Daniel, einen Rollstuhlfahrer hätte man als Täter wahrscheinlich ausschließen können. Also blieb von Moltzahn auf der Liste. »Was haben denn die Untersuchungen über externe Besucher ergeben?«, wollte der Ermittler wissen.

»Ach so, ja, genau.« Claus nestelte einen Zettel hervor. »Also, Vicente war gestern da. Der kommt aus dem Nachbardorf Morro und beliefert unser Atelier mit Farben. Ankunft elf Uhr sechsundzwanzig, abgemeldet elf Uhr dreiundfünfzig. Rund vier Stunden, bevor Lothar losgesegelt ist.«

Claus wagte einen kleinen Scherz, der von den anderen mit einem Grinsen quittiert wurde.

»Dann kam um vierzehn Uhr dreizehn die Firma Muñoz, um eine verstopfte Dusche zu reparieren. Die Muñoz-Jungs haben sich etwa eine halbe Stunde vor dem Sturz verabschiedet. Dusche läuft übrigens wieder ab. Abends standen dann noch drei Burschen vor dem Tor, die mit unserem Pro-Fit-Tarango Nadeschda ein Bier trinken wollten. Pro-Fit heißt bei uns der Bereich Sport und Wellness. Nadeschda hatte die drei Kerle aus dem Nachbarhotel im Einkaufszentrum kennengelernt und in den Club eingeladen. Alles erst nach einundzwanzig Uhr, da war Lothar schon im Kühlhaus. Externe können wir also vergessen. Und seit wir ›all-in‹ sind, also alle Getränke inklusive anbieten, haben wir die Bewachung der Clubgrenzen extrem verschärft. Da kommt keiner rein.«

Daniel gab sich mit der Auskunft zufrieden. »Okay, dann haben wir jetzt erst mal sechs Personen auf der Liste: Dekorateur Rayk, dem Lothar anscheinend Geld schuldet. Bonnie, Regine und Gitta sowie Robert von Moltzahn, die schon häufig zur selben Zeit hier waren wie Lothar. Und Dave, der sich über Lothars Beschwerde schrecklich geärgert hat.«

Netti verzog das Gesicht. Natürlich gefiel ihr nicht, dass ihr Freund im Kreis der Grundverdächtigen gelistet wurde. »Aber Daniel, wenn Dave es gewesen wäre, hätte er dich doch nicht eingeschaltet. Er ist es, der die ganze Sache unbedingt aufgeklärt haben will. Das ergibt doch keinen Sinn.«

Daniel holte tief Luft. »Ach Netti, wenn es immer so einfach wäre. Ich sehe in Daves Angst, die Probezeit wegen Lothars Beschwerden nicht zu bestehen, durchaus einen Anfangsverdacht. Und dass er mich dazugeholt hat, muss gar nichts bedeuten. Netti, ich finde, Dave ist ein sympathischer Kerl, aber Sympathie hat bei Ermittlungen schon manchen Blick vernebelt. Also sei mir nicht böse, wenn ich mich auch um sein Alibi kümmern werde. Apropos, Claus, wo warst du eigentlich, als Lothar vom Dach fiel? Dich kann ich ja als einzigen Tarango offen fragen, denn du bist einer von vieren, der von Lothars Tod weiß.«

Claus schwitzte wie immer und nickte.

»Ich war hier nebenan im Büro. Ich hörte noch durch die Tür, wie Netti das Fenster aufmachte. Aber ich ahnte ja nicht, dass dort der tote Lothar vor ihr lag. Minuten später war sie ja auch schon bei mir, um mir von der ganzen Misere zu erzählen.«

Netti nickte bestätigend.

»Gut«, meinte Daniel und schlug sich mit den flachen Händen unternehmungslustig auf die Schenkel, »dann werde ich mal eine sehr dicke Frau suchen gehen, die alle Filmmusiken kennt. Fühlen wir dieser Bonnie als Erstes auf den Zahn.«

***

Scheinbar ziellos schlenderte Daniel am frühen Nachmittag durch die Anlage. Seit er eine Aufgabe hatte, fing ihm die Tarango-Welt an zu gefallen. Eigentlich war das Poolareal wirklich schön angelegt. Und so praktisch überschaubar, wenn man jemanden suchte. Auf den Liegen rund ums Schwimmbecken war keine dicke Frau zu sehen. Ein paar Füllige vielleicht, aber niemand Fettes. Deswegen dehnte der unfreiwillige Undercoveragent seinen Suchradius auch auf die Wiesen rund ums Village aus. Wer ungestörter liegen wollte, suchte sich hier ein Plätzchen. Und dicke Leute im Badeanzug liegen vielleicht tatsächlich gern ungestört.

Hinter einem gewaltigen Hibiskus entdeckte Daniel eine noch gewaltigere Frau. Sie las irgendeinen Band aus dieser seltsamen Vampir-Saga. Daniel kannte das zwar alles nicht, wunderte sich aber, wie die Frauen derart auf diesen blassen und schlecht gelaunten Hauptdarsteller abfahren konnten. Viel wichtiger aber, die ausladende Frau auf der Liege schien sich für Filme zu interessieren und musste daher mit einiger Gewissheit Bonnie sein.

Sie hatte Daniel gar nicht bemerkt, er machte kehrt und packte die Utensilien an seiner bisherigen Liegeposition am Strand zusammen. Etwa drei Meter von Bonnie entfernt ließ er sich auf einer freien Liege nieder, um den Eindruck bemüht, er sei gerade erst vom Zimmer in den Außenbereich gewechselt.

Bonnie wuchtete kurz ihren Kopf in eine aufrechte Position, um zu sehen, wer sich da in ihrer Nähe ausbreitete. Daniel grüßte und nutzte den Moment der Aufmerksamkeit, um schnell sein T-Shirt abzustreifen. Für bald Ende dreißig konnte er sich sehen lassen, die Bräune aus den vergangenen Tagen machte ihn auch nicht unattraktiver. Das sah Bonnie wohl genauso, jedenfalls schien sie sich in diesem Moment mehr für Daniel als für ihre Vampire zu interessieren.

Wenn sie noch länger in der Haltung verharrt, könnte sie versehentlich Bauchmuskulatur ansetzen, schoss es dem Osthessen boshaft durch den Kopf. Bewaffnet mit einem Sonnenspray, erlöste er die Frau aus ihrer angestrengten Beobachtungsposition.

Bonnie schnaufte leicht, als er auf sie zukam.

»Entschuldigung, wenn ich Sie so einfach anspreche, aber ich müsste meinen Rücken mal vor der Sonne schützen. Ob Sie da wohl mal kurz hinsprühen könnten? Sie müssen es auch gar nicht verreiben …«

»Na, gern …« Bonnie musste sich mit ihren speckigen Armen von der Liege hochdrücken, um in eine aufrechtere Haltung zu gelangen. Das Schnaufen wurde lauter. Sie begann zu sprühen.

Daniel kniff seinen Hintern zusammen, weil er wusste, dass er trotz weit geschnittener Badeshorts ein ansehnliches Gesäß hatte. Ein bisschen mies kam er sich dabei vor, aber er war in Fahrt.

»Ist ja doch noch ganz schön kräftig hier, die Sonne im November …« Er merkte, wie hinterrücks genickt wurde.

»Absolut, das ist die beste Reisezeit. Bei uns schon richtig eklig und hier noch wunderschön. Und wie die Insel dann leuchtet!«

Daniel hatte Fuerteventura bisher als kahlen Felsklumpen wahrgenommen. Nur sein Reiseführer jubelte auch ständig über das angeblich so besondere Licht. Er hatte vermutet, dass die Autoren das nur taten, weil es über das kahle Eiland sonst nichts zu schreiben gab.

»Ja, das Licht ist echt der Hammer«, log er. »Sind Sie schon häufiger hier gewesen?«

Bonnie verrieb das Spray nun doch und grunzte. »Häufiger ist gar kein Ausdruck. Nächstes Jahr komme ich zum zwanzigsten Mal! Und immer nur Tarango!«

Eher würde Daniel *ein* Mal in den Sudan fahren als zwanzig Mal in diesen Club auf dieser langweiligen Insel. Aber nun hatte sein Lügen-Zug schon mächtig an Fahrt aufgenommen und konnte deswegen nicht mehr gestoppt werden. »Ich bin zum ersten Mal hier, aber mir gefällt es super. Alle sind so locker. Ich heiße übrigens Daniel.«

Bonnie war fertig geworden mit dem Eincremen, er musste gestehen, dass sie schöne weiche Hände hatte.

»Bonnie aus Neuss.« Die rechte weiche Hand wurde ihm freundschaftlich entgegengestreckt.

»Ich komme aus Osthessen. Daher, wo früher die DDR begann. Neuss soll ja sehr schön sein.« Auf eine Lüge mehr oder weniger kam's jetzt auch nicht mehr an.

Eifriges Nicken. »Ich liebe die Gegend. Bin halt 'ne Rheinische.« Gackern. »Und ohne Düsseldorf wäre ich nur ein halber Mensch. Die einzige Stadt, in der man leben kann.«

Er fragte sich zwar, warum sie dann in Neuss lebte, aber von einem Lehrgang in der Gegend wusste er, dass die Städte zumindest genau nebeneinanderlagen.

»Ich war mal auf einem Junggesellenabschied in Düsseldorf.«

Lüge Nummer vier in weniger als einer Minute. Daniel staunte ein bisschen über sich selbst. »War aber nicht mein eigener. Man hat mir ja gesagt, dass ich als Single hier in diesen Club kommen soll …«

Bonnie schaute amüsiert. »Dann hättest du aber vor zwanzig Jahren kommen müssen, als wir noch junge Damen waren. Heute sind hier nur noch Stammkunden, mittlerweile alles alte Schachteln.« Bonnie lachte. Das Lachen wurde zu einem Husten, der Husten zu einem Rasseln. Als sie fertig war, zündete sie sich eine überlange Mentholzigarette an.

»Menthol ist ja gut gegen Husten.« Wieder Lachen, wieder Rasseln. »Ja, Jungchen, aber glaub mal nicht, dass wir hier nicht auch unseren Spaß haben.« Bonnie blickte frivol drein.

Daniel hatte spontan scheußliche Bilder im Kopf.

»Ich bin auch Single, aber ich genieße mein Leben. Und hier auf der Insel ganz besonders.«

Daniel grinste höflich. »Ja, im Urlaub ist man ja wie ein anderer Mensch …«, meinte er lasch.

»Daniel, du gefällst mir. Kommst du heute Abend an unseren Tisch? Ich bin mit ein paar Freundinnen hier, denen würdest du gefallen. Halb acht, gleich der erste Tisch links im Wintergarten, da bedient Jorge, auf den sind wir alle scharf.« Lachen, Husten, Rasseln.

»Ja, das ist aber nett. Ich habe noch gar keine richtigen Bekanntschaften gemacht. Da komme ich gern, Bonnie.«

Das Mondgesicht strahlte ihn begeistert an. »Super, Daniel, dann bis heute Abend. Ich muss jetzt los, Fußpflege. Freue mich.«

Höfliches Nicken. »Ich mich auch. Dann bis halb acht.«

Bonnie packte ihr Vampir-Buch und eine Tüte Chips in ihre Strandtasche und machte sich keuchend auf den Weg. Im Weggehen winkte sie Daniel, und zwar nicht mit der ganzen Hand, sondern einzeln mit den Fingern, so wie ihre Vorbilder in den großen Hollywoodstreifen es taten, wenn sie mächtig verführerisch wirken wollten.

4

Die Gäste

Nichts sah auf Fuerteventura 1970 so aus, wie es heute aussieht. Jedenfalls nicht an den Strandabschnitten der Kanareninsel. Nichts als Wildnis herrschte hier vor über vierzig Jahren, besonders im Süden, rund achtzig Kilometer von der Hauptstadt Puerto del Rosario entfernt.

Die Reise ins Fischerdorf Morro Jable trat man damals am besten mit dem Schiff an. Über den Landweg war der einsame Südzipfel der Insel nur über Schotterpisten, die sich Kilometer um Kilometer durch die karge Landschaft wanden, mit der Zivilisation verbunden. Infrastruktur gab es so gut wie keine, lange Zeit nicht einmal Elektrizität. Kleinere Transporte wurden zu dieser Zeit noch mit einem Eselskarren durchgeführt. Die traumhaften Strände lagen über Jahrhunderte in einem Dornröschenschlaf, der in den folgenden Jahrzehnten beendet werden sollte.

An einem Apriltag des Jahres 1970 konnte man in den Dünen unweit der Fischersiedlung geschäftiges Treiben beobachten. In der Mittagssonne schritt eine Gruppe von Herren immer wieder ein Areal ab, merkwürdig unpassend gekleidet für die Hitze, die sich in einem Flimmern über der spärlichen Vegetation der Küstenlinie niederschlug.

Ein älterer Herr im Anzug mit leicht gebeugter Haltung zeigte mal in diese Richtung, mal in jene. Ein jüngerer, ebenfalls förmlich gekleidet, machte sich auf einem Klemmbrett Notizen. Weiter hinten, in Richtung Schotterpiste, stand ein chromglänzender Mercedes, ein Wagen, den die meisten Bewohner dieses entlegenen Fleckens noch nie gesehen hatten.

Die Steifheit der beiden Männer stand in einem merkwürdigen Kontrast zur Leichtigkeit dieses sonnigen Frühlingstages. Nur ein Kind, das der Herr mit dem Klemmbrett die meiste Zeit an der Hand hielt, lockerte die Szene auf. Es mochte drei bis vier Jahre alt sein, von Zeit zu Zeit riss es sich los, um eine Möwe zu jagen, während die Männer weiterhin das Gelände in Strandnähe inspizierten.

***

Daniel hatte sich den ganzen Nachmittag über auf den Abend mit Bonnie gefreut. Einerseits war er glücklich, dass er sie sofort entdeckt hatte, andererseits schien ihre Redseligkeit ein heimliches Verhör nicht unnötig zu verkomplizieren. Und, das musste er zugeben, ein klein wenig unterhaltsam fand er sie auch. Er war sich nur nicht sicher, ob er den ganzen Abend an Bonnies Tisch verbringen sollte, schließlich mussten auch noch Gitta, Regine und Robert von Moltzahn überprüft werden, von denen er bisher nicht einmal wusste, wie sie aussahen.

Der Kriminalbeamte griff aus seinem Schrank ein enges weißes T-Shirt mit ausladendem V-Ausschnitt. Das war modern – und Frauen mochten so was. Nach zwei Spritzern Parfüm machte er sich pfeifend auf zum Abendessen.

Vor einigen Tagen hatte er beobachtet, wie sich kurz vor halb acht eine lange Menschenschlange vor dem Clubrestaurant gebildet hatte. Er konnte sich den Auflauf gar nicht erklären, bis er das unwürdige Schauspiel miterleben durfte, das um Punkt halb acht losbrach: Mit dem Öffnen der Türen zum Speisesaal hasteten die – überwiegend älteren – Gäste zu ihren Lieblingstischen, gossen in drei bis vier Gläser Wein, falteten ebenso viele Stoffservietten auseinander und signalisierten so, dass der Tisch für eine bestimmte Anzahl an Gästen reserviert war. Wer sich später noch dazusetzen wollte, wurde entweder gnädig in die Tischrunde aufgenommen, wenn das Gesicht behagte, oder unter dem Vorwand weitergeschickt, dass leider schon alle Plätze besetzt seien.

Daniel war über diese Besatzungstruppen schockiert gewesen und hatte sich an jenem Abend an einen Tisch junger Tarango-Mitarbeiter gesetzt, der zwar in der düstersten Ecke lag, ihm aber weniger umkämpft vorkam.

Heute wusste er ja, dass ihm am ersten Tisch links im Wintergarten ein Platz freigehalten wurde, beim bemitleidenswerten Jorge, dem Traum von übergewichtigen deutschen Mittsechzigerinnen.

Bonnie hatte sich mächtig in Schale geworfen. Sie trug einen schwarzen Blazer, der an den Rändern mit schwarzen Pailletten abgesteppt war. Die Robe sah aus, als habe sie Joy Fleming schon bei einigen Auftritten auf die Bühne begleitet. Dazu am linken Revers eine Brosche in Form einer venezianischen Maske, die über dem linken Auge mit einer violetten Feder versehen war. In Bonnies Haar fand sich eine Feder desselben Tons wieder. Über dem Gedanken, ob man so was wohl im Set kaufen kann, hätte Daniel fast seine Einführung in die Runde verpasst.

»... hat er gefragt, ob ich ihm den Rücken einreiben kann, da kamen wir so nett ins Gespräch, dass ich ihn direkt an unseren Tisch eingeladen habe. Daniel, das sind meine Freundinnen Gitta und Regine.«

Gitta und Regine? Konnte das Zufall sein, oder hatte er hier einen Volltreffer gelandet? Er war nicht davon ausgegangen, dass die drei Frauen in einer Verbindung zueinander standen, aber wer schon so oft zur selben Zeit hier war, kannte sich offenbar.

Daniel versuchte, sich nichts anmerken zu lassen, und reichte den anderen Damen brav die Hand. Gitta war das genaue Gegenteil von Bonnie. Dürr und fahl, allerdings mit einer beeindruckenden blonden Mähne ausgestattet. Regine sah aus wie die Idealbesetzung einer Steuerfachangestellten Mitte fünfzig. Recht bieder, aber adrett. Wahrscheinlich eine, die auf Betriebsausflügen nach einem Glas Sekt mächtig aufdreht, schätzte Daniel.

Beide Frauen funkelten ihm interessiert entgegen. Regine hatte eine kleine Schüchternheit im Blick, Gitta konnte ihren Ärger darüber nicht ganz verhehlen, dass ausgerechnet die dicke Bonnie den jungen Kerl angeschleppt hatte.

Daniel legte sich die Stoffserviette über die Schenkel und eröffnete das Gespräch. »Und wo aus Deutschland kommt ihr her?« Scheinbar eine Belanglosigkeit, in diesem Fall allerdings dringend zur Identifikation benötigt.

»Ich bin aus München«, preschte Gitta vor, »direkt aus Schwabing.« Sie klang beim Sprechen wie Uschi Glas. Halbwegs hochdeutsch, aber doch mit dem kleinen Rest eines Akzents, den man als Oberbayer aus Stolz auf seine Heimat gar nicht loswerden will. »Weißt, Daniel, wenn man aus der schönsten Stadt der Welt kommt, freut man sich halt immer scho wieder aufs Heimkommen«, schob Gitta überflüssigerweise noch nach.

»Ich komme aus der Nähe von Eisenach, aber aus dem Westen, auch ganz schön da. Viel Wald …«, versuchte Daniel einen spröden Konter. Er hatte sich angewöhnt, seine Heimat mit Eisenach zu beschreiben. Auch wenn er westlich des Eisernen Vorhangs aufgewachsen war, konnten die Leute Eisenach geografisch eher einordnen als Bad Hersfeld. Manche kannten noch Herleshausen, damals der große Grenzübergang, aber der Name geriet auch zusehends in Vergessenheit. »Und du?«, wandte er sich an Regine.

»Aus Hamburg«, antwortete sie einsilbig.

Aber das reichte ihm. Bonnie aus Neuss, Gitta aus München und Regine aus Hamburg, hier saßen drei der vier Gäste, die schon seit Jahren zeitgleich mit Lothar Hanke ins Hotel kamen! So viel Glück musste man erst mal haben.

Geschätzt durften die Frauen zum Teil etwas jünger sein als Lothar, aber für einen Womanizer wie ihn war vielleicht gerade das ein Ansporn. Allerdings war bei Weitem noch nicht klar, ob sie ihn tatsächlich kannten. Bonnie schwärmte als Erste aus, um kurze Zeit später mit einem großen Teller gebackener Tintenfischringe und einem Riesenklecks Mayonnaise zurückzukehren. Auch Daniel und die anderen Damen machten sich über das Vorspeisenbüfett her, Motto heute Abend: Italia à la Mamma.

Während des Essens erfuhr Daniel, dass Regine von ihrem verstorbenen Mann ein Zahntechniklabor geerbt hatte und Gitta für einen Mäzen der jungen Münchner Kunstszene arbeitete. Regine blieb recht einsilbig, Gitta protzte, und Bonnie schien heute Abend nicht sonderlich gut auf ihre Münchner Freundin zu sprechen zu sein.

Daniel sorgte dafür, dass der Tischwein fleißig nachgeschenkt wurde. Das konnte die Damen nur gesprächiger machen. Zum Nachtisch entschied er, sich dem heiklen Thema Lothar zu nähern.

»Und wie ist das für euch«, leitete er leutselig ein, »in so einem Singleclub? Wenn ich Bonnie heute Nachmittag recht verstanden habe, lässt hier keiner was anbrennen …« Sicherheitshalber schickte er noch ein lausbübisches Lächeln nach, damit ihm die Frage auch keiner krummnahm.

»Ha«, gellte es spitz von Gitta. »Darauf kannst fei Gift nehmen! Wir sind ja schließlich im Urlaub. Allerdings sieht es bei mir so aus, als wären die wilden Jahre bald vorbei. Ich habe einen Fisch an der Angel …« Gittas pendelnde Handbewegung ließ Daniel erahnen, dass sie nicht mehr ganz nüchtern war.

Bonnie hatte sich neben einigen Kuchenstücken zum Nachtisch einen Cappuccino mit Sahne gegönnt. Jetzt saß sie mit weit aufgerissenen Augen da, die Tasse noch in der Hand.

»Was hast du denn für einen Fisch an der Angel?«, fragte sie, die höchste Alarmstufe stand ihr ins Gesicht geschrieben.

»Das würdet ihr wohl gern wissen, hm?«, triumphierte Gitta. »Aber dazu kann ich leider nichts sagen. Das erfahrt ihr noch früh genug, wenn wir zu Hause sind.«

Regine mischte sich ein. »Och nee, Gitta, so geht das aber nicht. Wer gackert, muss auch legen. Hast du in Deutschland einen Mann kennengelernt? Davon hast du ja gar nichts erzählt.«

Gitta drehte geheimnisvoll einen übergroßen Filzring an ihrer linken Hand und machte eine Schmolllippe. Unter einem kessen Augenaufschlag kokettierte sie: »Ihr müsst ja auch nicht alles wissen, ihr neugierigen Gänse. Ich kann euch nur sagen, es ist kein Mann aus der zweiten Reihe. Er muss ja zu mir passen.« Ein selbstgefälliges Kopfwackeln schloss sich an Gittas Worte an.

»Was soll das denn heißen, Gitta?«, fragte Bonnie lauernd.

Daniel goss Wein nach und dirigierte den Digestiv-Wagen an den gemeinsamen Tisch.

»Das soll heißen«, theatralisch ließ Gitta einen großen Schluck Rotwein ihre dürre Kehle heruntergleiten, »dass ich nach meiner Rückkehr wohl ziemlich viel Zeit in Berlin verbringen werde.« Prüfend betrachtete sie ihre Fingernägel und schickte sinnierend nach: »Ich werde München fehlen – und München mir …«

Daniel konnte sich nicht vorstellen, dass diese Wachtel irgendjemandem fehlen würde, wurde aber hellhörig, weil es um Berlin ging. Die Heimat Lothar Hankes.

Bonnies Zustand ging weit über hellhörig hinaus. Lauernd funkelte sie Gitta an. Daniel meinte zu beobachten, dass ihr linkes Unterlid leicht zuckte. »Wer ist dieser Mann in Berlin?«, knurrte die Frau mit der Figur eines Bassets in der Manier eines Pitbulls.

Gitta machte eine theatralische »Ist mir doch egal«-Geste und ließ die Katze aus dem Sack. »Na gut, ihr würdet es ja ohnehin erfahren. Es handelt sich um Lothar Hanke, unseren alten Bekannten.«

Gönnerhafter als nötig gab sie dieses Geheimnis preis.

»Wir haben uns vor zwei Tagen auf den Klippen verlobt. Ihr könnt euch gar nicht vorstellen, wie romantisch dieser Mann sein kann. Er wollte eigentlich nicht, dass ihr beiden es noch in diesem Urlaub erfahrt, deswegen geht jeder seine eigenen Wege. Aber wenn ich wieder zu Hause bin, werde ich meinen Umzug in die Hauptstadt vorbereiten. Dann wird er auch seinem Sohn schonend beibringen, dass es von nun an wieder eine Frau im Leben seines Vaters gibt. Ihr müsst wissen, Lothar kennt dort einige einflussreiche Menschen aus der Kunstszene, und ich werde …«

Weiter kam Gitta nicht. Völlig in ihre Zukunftsplanung vertieft, bemerkte sie nicht, wie Bonnie ihr Glas randvoll mit Rotwein füllte. Mit einem kurzen, aber gezielten Schwung flog der Inhalt an der perplexen Regine vorbei auf Gittas Kleid.

Gitta brauchte einen Moment, um zu verstehen, dass es sich um einen gezielten Wein-Angriff von Bonnie handelte, und fing danach hysterisch an zu keifen. Bonnie jedoch legte das ganze Volumen ihres massigen Körpers in die zwei Silben »Miststück!« und brachte damit nicht nur ihre Münchner Rivalin, sondern den ganzen Essenssaal zum Verstummen.

Mit einem schnellen Griff verschwand die Handtasche in ihrem Fettgewebe zwischen Oberarm und Brust, erstaunlich behände wuchtete sie sich von ihrem Stuhl und stürmte aus dem Speiseraum. An der Tür drehte sie sich noch einmal rasch um und rief in den immer noch schweigenden Raum: »Tut mir leid, Daniel, dass ich dir diese Schlange zugemutet habe. Es war ein netter Abend mit dir!« Und Abgang.

Nicht gerade höflich, aber eindeutig, dachte der Polizist. Während im Rest des Saals der Geräuschpegel der Gespräche langsam wieder anstieg, faltete Daniel seine Serviette und verabschiedete sich höflich von der trockenen und der nassen Dame an seinem Tisch. In Gedanken strich er zwei Verdächtige von seiner Liste.

***

Sein kleiner Ermittlungserfolg hatte Daniel einen seligen Schlaf beschert. Nach einem umfangreichen und ungestörten Frühstück traf er sich am Vormittag mit Claus und Netti zu einer Lagebesprechung. Schon wieder dudelte aus dem Büro der Chefsekretärin ein Hit von Pur, »Wo sind all die Indianer hin«. Netti drehte leiser und setzte sich auf die Kante von Claus' Schreibtisch, um Daniel zuzuhören.

Er beschrieb schillernd den Vorfall vom Vorabend und erklärte, weswegen es aus seiner Sicht zwei Tatverdächtige weniger gab. »Gitta können wir von der Liste streichen. Sie geht davon aus, ihren Lebensabend mit Lothar in Berlin zu verbringen. Die Story könnte zwar gelogen sein, wenn sie wüsste, dass ich wegen des Mordfalls ermittle. Aber ich gehe davon aus, dass sie mich für einen normalen Gast hält, deswegen wird wohl alles stimmen. Meine neue Lieblingsfurie Bonnie steht für mich auch nicht mehr unter Verdacht. Wenn sie Lothar auf seine elfstöckige Reise geschickt hätte, wäre sie nicht so ausgeflippt gestern. Frauen, die morden, triumphieren still.«

Daniel ließ eine kleine Pause, um diesen großen Satz sacken zu lassen.

»Von den Gästen, die häufiger mit Lothar gleichzeitig hier waren«, fuhr er dann fort, »bleiben für mich nur Regine und Robert von Moltzahn übrig. Regine hat gestern nur wenig gesagt, ich werde mal schauen, ob ich aus ihr ein Motiv oder ein Alibi herauskitzeln kann. Bliebe noch Robert von Moltzahn.«

Bei diesem Stichwort wurde Claus aktiv. »Ja, von Moltzahn, genau. Es kam mir komisch vor, dass er ein Behindertenzimmer hat. Ich habe in der Zentrale in Deutschland seine Buchung angefordert. Stacy von der Rezeption müsste die

Unterlagen schon haben. Ich werde mal schnell rübergehen und sie holen.«

Mit diesen Worten verschwand Claus schweißtriefend aus dem Raum und ließ Netti und Daniel allein zurück. Der Polizist nutzte den Augenblick und ließ seinen Blick über die Wände des Clubchefbüros schweifen. Etliche Auszeichnungen hingen dort, weil der Club bei Gästebefragungen regelmäßig ganz weit vorn landete. Fotos von besonders schönen Büfetts waren dabei, Claus an der Seite von halbwegs prominenten Gästen und Bilder von Renovierungsarbeiten. In einer Ecke entdeckte er mehrere Fotos, die Claus als jungen Mann an der Seite eines älteren Herrn zeigten. Auch diese Aufnahmen waren offenbar auf der Insel entstanden.

»Ist das Claus' Vater?«, fragte er Netti.

»Ja, genau, der Senior. Roland heißt er. Das Foto muss etwa zu der Zeit entstanden sein, als Roland den Laden an Claus übergeben hat.«

»Wie, übergeben?« Daniel war verwirrt. »Ich bin davon ausgegangen, dass der Club dem Veranstalter in Deutschland gehört oder irgendwelchen Investoren …«

Netti grinste. »Nein, auch daran sieht man, dass wir unter allen Tarango-Anlagen eine Sonderstellung einnehmen. Wir waren die erste und sind bis heute in Privatbesitz. Claus gehört das hier alles, seit sein Vater vor ein paar Jahren gestorben ist. Ich hab Roland nicht mehr kennengelernt, muss aber ein guter Typ gewesen sein.«

Daniel staunte. Der Besitz musste aus Claus einen mehrfachen Millionär gemacht haben. Damit hatte er nicht gerechnet. Er konnte seinen Gedanken nicht weiterspinnen, denn in diesem Augenblick näherte sich der Herr Besitzer mit einigen Papieren in der Hand.

»Aaalso«, sagte Claus gedehnt, »von Moltzahn hat nach Angaben seines Reisebüros multiple Sklerose. Seit ein paar Jahren verschlechtert sich sein Zustand, seit letztem Jahr hat er ein barrierefreies Zimmer, weil er an manchen Tagen auf einen Rollator angewiesen ist. Daniel, kann so jemand unseren Lothar vom Balkon befördern?«

Der Angesprochene zuckte mit den Schultern. »Ich kenne mich mit dieser Krankheit nicht besonders gut aus. Das Beste wäre es, diesen von Moltzahn mal persönlich kennenzulernen. Ich hätte schon eine Idee, ich bräuchte nur eure Unterstützung …«

***

In roten Shorts, weißem Polohemd und mit einem albernem Käppi auf dem Kopf kreuzte Daniel kurz vor dem Mittagessen vor Zimmer 1024 auf. Auf dem Rücken des Hemdes und dem linken Hosenbein prangte das Tarango-Logo, an seiner Brust ein Button mit der Aufschrift »Justus – Guest Relations«. Den Decknamen Justus hatte Daniel schon Rayk gegenüber verwendet – und auf der Polizeischule hatte er gelernt, möglichst lange beim Gleichen zu bleiben, um sich nicht zu verheddern. »Guest Relations« ist modernes Hoteldeutsch und beschreibt die Abteilung, die sich um die Zufriedenheit der Urlauber vor Ort kümmert. Den Button hatte Claus schnell bei Stacy von der Rezeption in Auftrag gegeben, als Begründung schob er die Ankunft eines neuen Praktikanten vor.

Praktikant Justus alias Polizist Daniel klopfte entschlossen gegen die Tür von Zimmer 1024. Er hörte, wie die Terrassentür beiseitegeschoben wurde und eine Person sich schlurfend der Zimmertür näherte. Sie wurde geöffnet, ein gepflegter Herr in leicht gebückter Haltung blinzelte neugierig heraus. »Ja, bitte?«

Vom ersten Moment an war Daniel überzeugt, dass Robert von Moltzahn ein angenehmer Gesprächspartner sein würde. Seine wachen Augen verrieten Interesse.

»Herr von Moltzahn, mein Name ist Justus, ich arbeite für die Abteilung ›Guest Relations‹. Das heißt, wir interessieren uns für …«

Weiter kam Daniel nicht, sein Gegenüber winkte ab und bat ihn herein.

»Du musst einem alten Clubhasen nicht erzählen, was ›Guest Relations‹ heißt, mein Junge. Das ist zwar ein neuer Ausdruck, aber der alte von Moltzahn kennt sich aus. Setz dich.«

Er wies auf den Standardsessel, der in jedem Zimmer stand. Bei Daniel lag er bis oben voll mit Klamotten, in diesem Zimmer dagegen herrschte preußische Ordnung.

»Was kann ich für dich tun, Justus? Schnäpschen?«

Es war kurz vor zwölf, ein Schnäpschen zu dieser Uhrzeit entsprach nicht Daniels Trinkgewohnheiten, aber in Undercover-Mission konnte man sich das manchmal nicht aussuchen.

»Na, eigentlich ist das ja zu früh, aber wenn der Gast es wünscht, sagt die ›Guest Relation‹ natürlich nicht Nein«, antwortete Daniel leutselig.

Erst jetzt fiel ihm auf, dass von Moltzahn das Zimmer von Grund auf umdekoriert hatte. An den Wänden hingen Bilder und Kupferstiche. Die Regale waren mit Häkeldeckchen überworfen worden, an der Terrassentür hatte der Hotelgast ein Glaswappen mit einem roten Löwen aufgehängt. Von Moltzahn hatte aus dem Schrank eine Flasche Zinn 40 gezaubert, deren Inhalt er stöhnend in zwei kleine Gläser goss.

»Ja, mein Junge, da guckste wohl, der gute alte Zinn 40. Von zu Hause mitjebracht, hier in Spanien kriegste ja kein' ordntlichen Schnaps.«

Das A in Spanien klang fast wie ein O. Wo kam von Moltzahn noch mal her? Braunschweig. So sprechen die da anscheinend, dachte Daniel.

»Aha, das werde ich dann gleich mal weitergeben«, antwortete er pflichtbewusst. »Stammgast wünscht Zinn 40.«

Von Moltzahn grinste und begriff seine Chance.

»Ja, und Stammgast wünscht NDR im Fernsehen, ihr habt nur den Bayern drin, das interessiert mich nicht, schreib ma auf, NDR. Prost.«

Daniel sah zu, wie der ältere Herr das Glas in einem wegzog, und nippte vorsichtig an seinem.

»Stammgast mag wohl auch unsere Bilder nicht?«, versuchte er vorsichtig auf die Umgestaltung des Raums zu sprechen zu kommen.

»Hihi«, kicherte sein Gegenüber auf eine etwas juvenilere Art, als sein Alter vermuten ließe, »wenn du das schon ansprichst, mein Junge, dann will ich dich ma was fragen: Wieso hängt man immer Bilder von den Sachen auf, die man auch sieht, wenn man ausm Fenster guckt? In den Alpen hängen Bilda von Bergn, an der See Bilda vonner See und im Restaurant ›Ratsstube‹ Bilda vom Rathaus. Was ergibt das denn für'n Sinn?«

Daniel versuchte herauszufinden, ob von Moltzahn schon einen in der Krone hatte oder ob Braunschweiger immer so klangen. Seiner Argumentation konnte er allerdings nichts Stichhaltiges entgegensetzen.

Weil seine Gestik Zustimmung signalisierte, fühlte sich von Moltzahn bemüßigt, den Punkt weiter auszuführen und schließlich zu beenden.

»In meim Haus in Braunschweich hängn Bilda von Ferteventura und in meinem Zimmer auf Ferteventura hängn Bilda von Braunschweich, das ist doch konsequent, ne?«

Daniel beeilte sich, zuzustimmen und den eigentlichen Grund seines Besuchs nicht aus den Augen zu verlieren.

»Herr von Moltzahn, weswegen ich hier bin: Die Zentrale in Deutschland will einen großen Bildband auflegen über vierzig Jahre Clubgeschichte. Wir suchen nach Fotos und Geschichten unserer Stammgäste. Sicher haben Sie bei Ihren vielen Aufenthalten hier schon eine Menge Schönes erlebt.«

Von Moltzahn grinste verklärt. »Ja, mein Junge, das waren Zeiten. Früher. Ich nehm noch ein Schnäpschen.« Er goss sich beiläufig ein. »Das muss 1981 gewesen sein, da hamse mich zum Mista Tarango gewählt. Ja, da gab's noch so richtje Mister- und Misswahlen im Club. Aba nicht nur Figur hat jezählt, mein Junge, rechnen musste man können, singen und tanzen.« Er trank. »Und 1985 habe ich das Tennisturnier jewonn'n. ‚85, wie Boris Becka Wimbldn, das weiß ich wie heute. Du trinkst ja gar nicht!« Adlige Enttäuschung.

Daniel nippte erneut.

»Und Frauen warn hier früher, nur Geschosse, ich bin ja imma Single gebliem, Mensch, was hatte ich einen Spaß hier. ‚89 muss das gewesen sein, da hamwa nachts heimlich die Strandbar geplündert, zwei Tage später hat Schabowski die Grenze zur DDR aufjemacht, ja, merkste schon, mein Junge, im Oberstübchen vom alten Moltzahn, da funktioniert noch alles!«

Das war ja alles sehr amüsant, aber Daniel musste langsam auf Lothar Hanke zu sprechen kommen. Da er vermeintlich zum Tarango-Team gehörte, konnte er das Thema recht ungeniert anschneiden.

»Es gibt ein paar Stammgäste, die uns besonders am Herzen liegen. Wir wollen sie damit überraschen, dass sie in unserer Jubiläums-Chronik auftauchen.«

Von Moltzahn nickte verständnisvoll.

»Kennen Sie denn zum Beispiel die Knopfs aus Iserlohn?« Erst mal mit einem unverdächtigen Namen ans Thema heranwagen.

»Na klar, mein Junge, Hilmar und Beate, die haben mich sogar schon mal in Braunschweich besucht auf der Reise nach Berlin. Ausgezeichnete Leute. Er geht auf die Jagd. Also, Wild, ne? Kein Freiwild.« Von Moltzahn lachte herzhaft über seinen Herrenwitz. »Jaja, die konnten dies Jahr nicht kommen, Tochter heiratet. Ich hoffe, nächstes Jahr sind se wieder da.«

Daniel blätterte leicht theatralisch in einem Blöckchen, das er mitgebracht hatte, und tat, als ob er suchte.

»Ach ja, hier, Lothar Hanke, auch ein Stammgast, auch bekannt?« Daniel musterte sein Gegenüber genau, als er den Namen des Toten erwähnte.

Von Moltzahns Miene hellte sich auf.

»Ja, der Lothar, Mann, das ist auch einer. Schürzenjäga. Und'n richtjer Kumpel! Leider heute Morgen schon abgereist. Hamse mir an der Rezeption gesacht.«

Clubchef Claus hatte seine Angestellten am Empfang also offenbar schon mit dieser Version der Geschichte versorgt.

»Hat gar nicht Tschüss gesacht. Na ja, hat gerade'n paar Probleme mit seinem Betrieb. Jedenfalls, wir waren früher'n heißes Gespann, du, jeden Ahmt hamwa die Disco unsicher gemacht. Longdrink-Lothar hamse den früher genannt hier, nur Gin Tonic.« Krachend landete von Moltzahns Pranke auf Daniels Schenkel. »Mensch, mein Junge, du gefällst mir, erinnerst mich an die schönen alten Zeiten. Ich trink noch einen!«

Zinn 40 Nummer drei ging an den Start. Die Begeisterung für Lothar schien Daniel echt. Trotzdem war nicht auszuschließen, dass sich die zwei Stelzböcke wegen einer Frau in die Wolle bekommen haben könnten. Also noch mal abwarten.

»Wenn Sie Fotos von Hanke und sich haben, wäre das ein ganz tolles Fundstück für unseren Bildband. Sie könnten die Aufnahmen in Ihrem Reisebüro vorbeibringen, die sind instruiert, sie zu scannen und an die Zentrale zu schicken.«

Davon stimmte kein Wort, aber der arme von Moltzahn würde ohnehin vergeblich auf die Chronik warten, weil sie allein in Daniels Ermittler-Phantasie existierte. Und wenn der Gast erst mal von Lothars Tod erfahren haben würde, mochte es sein, dass er dieses Gespräch im Nachhinein als Verhör identifizieren würde.

»Ja, mein Junge, das mache ich aber gern. Werd mich gleich mal durch die Alben wühlen, wenn ich wieder zu Hause bin. Freu ich mich richtich drauf.«

Irgendwie war Daniel dieses schelmische Raubein sympathisch. Fast war ihm dran gelegen, dass von Moltzahn nicht Hankes Mörder war. Deswegen stieg er nun in die Phase ein, dem Stammgast eine goldene Brücke zu einem Alibi zu bauen.

»Eine Frage habe ich noch, Herr von Moltzahn, wenn ich das so offen ansprechen darf. Wir wissen von Ihrem Reisebüro, dass Sie eine Gehbehinderung haben. Es wäre für uns von der ›Guest Relation‹ sehr wichtig zu wissen, ob die Anlage für Sie ohne Probleme begehbar ist.«

Von Moltzahn drehte sich um und zeigte auf den Rollator in der Ecke.

»Ja, mein Junge, dieses Ding ist mein ständiger Begleiter. Da ist man selbst sein Leben lang Arzt gewesen und kann sich selbst doch nicht helfen. MS ist 'ne tückische Krankheit, weißt du? Man kann nichts dafür, kommt einfach so und schubweise. Und dein Zustand verschlechtert sich immerzu. Ich bin über jeden Tag froh, an dem ich ohne das Ding laufen kann. Mit den Händen ist bei mir alles in Ordnung, aber die Beine versagen manchmal den Dienst. Gott sei Dank gibt es auf der Insel hier einen guten deutschen Kollegen in Corralejo, der passt auf den alten Moltzahn auf. Vorgestern war ich bei ihm, momentan ist alles ruhig bei mir. Ach komm, darauf trinken wir noch einen!«

Konnte man ihm diesen Wunsch abschlagen? Konnte man nicht. Aber viel wichtiger, von Moltzahn war vorgestern in Corralejo beim Arzt gewesen. Vorgestern Nachmittag hatte Lothar den Abflug gemacht. Das wäre ja ein herrliches Alibi für Daniels neuen Freund.

»Ach, das ist ja interessant, wir führen eine Kartei über gute Ärzte. Könnten Sie mir wohl sagen, wie er heißt?« Daniel bewunderte seine geistige Flexibilität in diesem Moment selbst ein bisschen.

Von Moltzahn drehte sich um und griff eine kleine Visitenkarte vom Schreibtisch.

»Hier, kannste behalten, mein Junge, Dr. Kripp, den Namen kenne ich eh, und die Nummer habe ich im Handyspeicher. Ja, da guckste, ne? Der olle von Moltzahn, 'n iPhone hatter!« Dröhnendes Lachen. Mittlerweile musste er betrunken sein.

Daniel gab vor, nun alles besprochen zu haben, das Reisebüro freue sich auf die Fotos, und Dr. Kripp lande in der Ärzte-Kartei.

Zur Verabschiedung klopfte von Moltzahn ihm väterlich auf die Schulter. »War schön mit dir, mein Junge. Komm wieder, wennde noch was wissen willst oder nur aufn Schnäpschen. Lothar ist weg, Hilmar und Beate konnten dies Jahr nicht, der alte von Moltzahn kricht viel zu wenig Besuch.«

Diesen Eindruck hatte Daniel auch.

***

Dr. Johannes Kripp, Allgemeinmediziner und Neurologe, 14/Calle Hernán Cortés, E-35660 Corralejo, Fuerteventura. Sprechzeiten: Mo–Fr 14–19 Uhr, stand auf der Karte, die Daniel nach der Verabschiedung von von Moltzahn genauer studierte. Geschmeidige Arbeitszeiten, dachte er, vormittags an den Strand und nachmittags ein bisschen praktizieren. Allerdings reichte allein der Besuch der Praxis als Alibi noch nicht aus. Lothar war gegen fünfzehn Uhr dreißig ins Nirwana gesegelt. Wenn von Moltzahn also der erste Patient gewesen war, hätte er an die Untersuchung zeitlich reibungslos den Mord anschließen können. Es sei denn …

Daniel fiel auf, dass er den Namen Corralejo zwar schon gehört hatte, aber gar nicht genau wusste, wo dieser Ort lag. Sein direkter Weg führte ihn deswegen zur Boutique, wo eine aufwendige Reliefkarte der kahlen Insel hing. Von Morro Jable, seinem derzeitigen Standort, suchte er die Insel nordwärts ab. Pájara, Tuineje, Antigua, Betancuria, ein paar Orte davon hatte er auf seiner Jeep-Safari schon kennengelernt. Ganz im Norden fand er schließlich, wonach er gesucht hatte: Corralejo, hinter den weißen Dünen, na klar, der Ort war doch berühmt dafür. Und nicht nur berühmt, sondern vor allem: weit weg! Daniel schätzte die Strecke auf mehr als hundert Kilometer, alles Landstraße, also ein Zeitaufwand von knapp zwei Stunden. Damit konnte von Moltzahn unmöglich für Hankes Tod verantwortlich sein. Daniel war der Insel dankbar, dass sie lang genug war, um dem alten von Moltzahn so ein schönes Alibi zu geben.

5

Die Ermittlung

Wer Anfang der siebziger Jahre auf einer kargen Insel wie Fuerteventura investieren wollte, brauchte Geduld, Pioniergeist und einen einflussreichen Freund. Wobei ein einflussreicher Freund auf dem Eiland auch dafür sorgen konnte, dass die Geduld nicht allzu sehr strapaziert wurde.

Besonders hilfreich waren solche Bekanntschaften, die mit dem damals herrschenden Franco-Regime politisch in Einklang standen. Der General hatte an Fuerteventura zwar hauptsächlich militärisches Interesse, aber einen Fürsprecher bei Francos Statthaltern in der Inselhauptstadt zu haben war Gold wert.

Die Inselbewohner waren zur damaligen Zeit Ausländern gegenüber eher skeptisch. Aber die einfachen Fischer oder Bauern bekamen meist gar nicht mit, was da auf höherer Ebene ablief.

Ein deutscher Industrieller ebnete Investoren aus seiner alten Heimat den Weg in seinem neuen kanarischen Zuhause. Ein Mann, der aus der Sicht der francotreuen Entscheidungsträger einen einwandfreien Ruf hatte. Ein Hasser jedes linken oder liberalen Gedankenguts, ein Mann, der sich im Bürgerkrieg an der Seite der aufständischen Franquistos mit seinen Positionen gut gemacht hätte. Trotz seines fortgeschrittenen Alters hatte er beste Kontakte zur deutschen Wirtschaft.

Die Kölner Hotelierfamilie Grützmacher war dem Mann, der seinen Lebensabend in der Wärme verbrachte, seit mehr als vierzig Jahren freundschaftlich verbunden. Und so wunderte es nicht, dass er genau dieser Familie ein lukratives Geschäft vorschlug: einen Hotel-Neubau auf einer Fläche Land zu errichten, die er vor einigen Jahren zu einem lächerlichen Preis erworben hatte.

Niemand hätte sich damals vorstellen können, dass genau dieses Grundstück Jahre später einmal zu den Filetstücken des Inseltourismus zählen würde. Direkt am langen, feinsandigen Strand, mitten in den Dünen, die mit niedrigem Buschwerk überwuchert sind. Längst ist die Umgebung des Hotels zum Naturschutzgebiet erklärt worden, damals allerdings spielte die Bewahrung dieser einmaligen Vegetation keinerlei Rolle.

So kam es, dass bis heute nur eine einzige Hotelanlage in erster Reihe zum Strand gebaut wurde: der Club Tarango Fuerteventura.

***

In den Büroräumen des Clubchefs saß die kleine Ermittlungsrunde wieder beieinander. Die Tür zu Nettis Zimmer war zwar geschlossen, trotzdem beschallte ihr CD-Spieler die Gruppe mit einem Pur-Kracher unter der Tür durch. »Abenteuerland« dieses Mal. Auch Koch Dave hatte Zeit, sich über den aktuellen Sachstand der »SOKO Balkonsturz«, wie er Claus, Daniel, Netti und sich scherzhaft beim Eintreten genannt hatte, zu informieren.

Daniel fasste noch mal alle Erkenntnisse zusammen. »Also, Bonnie hat gestern erfahren, dass Gitta Lothar zu ehelichen gedenkt. Daraufhin hat sie ihrer Kontrahentin eine filmreife Szene gemacht. Gitta geht davon aus, dass Lothar lebendig in Berlin auf sie wartet – und Bonnie wäre nicht so ausgeflippt, wenn sie Lothar vor zwei Tagen ins Jenseits befördert hätte. Noch nicht ganz klar ist mir, welche Rolle Regine in dem Weibertrio spielt und ob sie auch scharf auf Lothar ist. Oder war. Robert von Moltzahn war zur Tatzeit offensichtlich beim Arzt in Corralejo und fällt damit aus. Außerdem bezweifle ich stark, dass er zum Todeszeitpunkt noch nüchtern war. Und gehbehindert plus angetrunken ist nicht die Kombination, die aus von Moltzahn den idealen Mörder machen würde. Rayk ist stinkesauer auf Lothar, weil der ihm offenbar irgendwelches Geld versprochen hat, das er jetzt nicht zahlen will. Ich halte es allerdings für unwahrscheinlich, dass Rayk ihn deswegen auf Flugreise geschickt hat, denn von einem toten Lothar ist gar kein Geld zu erwarten. Wenn ich offiziell ermitteln würde, könnte ich natürlich auf ein eventuelles Testament zugreifen, das würde vielleicht einiges klären, aber solange ich das hier unter der Hand mache, müssen wir darauf leider verzichten.

Nehmen wir also an, Rayk war es auch nicht. Dann bleiben, von den Leuten, die länger Kontakt zu Lothar hatten oder ein Motiv, nur Regine und …«, Daniel wies verstohlen mit der Hand auf den Koch, »… du, Dave, übrig.«

Der Angesprochene schaute betroffen auf die Bodenkacheln vor sich. »Ja, Daniel, du hattest ja von Anfang an gesagt, dass ich zum Kreis der Verdächtigen gehöre. Nachdem ich mich so schrecklich aufgeregt hab wegen Lothars Beschwerde. Deswegen habe ich den Nachmittag von seinem Tod noch mal genau rekonstruiert. Ich hatte nach dem Mittagsbüfett Freizeit bis etwa siebzehn Uhr. Ich schätze, dass ich von fünfzehn bis kurz vor siebzehn Uhr in unserem Zimmer war. Netti kann es leider nicht bezeugen, sie war ja arbeiten.«

Daniel wollte dem überfordert wirkenden Koloss helfen. »Hast du vielleicht mit jemandem telefoniert? Zur Tatzeit um halb vier? Der das bezeugen könnte?«

Dave schüttelte zerknirscht den Kopf. »Ich lag auf dem Bett und habe gedöst. Der Fernseher lief. Sonst hatte ich keinen Kontakt zu irgendjemandem …«

Daniel legte den Finger kurz nachdenklich auf den Mund. »Du sagst, der Fernseher lief? Weißt du noch, was für ein Programm?«

Dave dachte kurz nach. »Ich glaube schon. Wenn ich nachmittags Pause habe, schaue ich eigentlich immer diese Sendung. Da geht es um Tiere. Das spielt auch manchmal in diesem Papageienpark hier nebenan auf Teneriffa. Warte, ja, genau, ›Kakadu, Katze & Co.‹ heißt das. Müsste vorgestern eigentlich auch gelaufen sein …«

Daniel knetete sich nachdenklich die Hände und wandte sich an den Clubchef. »Claus, was für Fernseher sind das auf den Mitarbeiterzimmern? Ich meine, wie funktioniert der Empfang? Ist das mit so einer modernen Box, die auch Sendungen aufzeichnen kann, oder ganz normaler Satellit?«

Claus ahnte, worauf Daniel hinauswollte, während Dave noch ein bisschen stumpf schaute. »Nein, das ist ein ganz normaler analoger Anschluss. Keine Möglichkeit, digitale Mitschnitte zu machen. Es sei denn, mit einem Video- oder Festplattenrekorder«, antwortete er.

Netti verstand, worum es ging. »So was haben wir nicht auf dem Zimmer, wir haben doch eh kaum Zeit zum Fernsehen.«

Daniel grinste. »Gut, sehr gut. Netti, Folgendes, du gehst

jetzt nebenan in deinem Büro ins Internet. Da schaust du, ob auf der Seite von dem Sender die Folge von vorgestern noch mal abrufbar ist. Wenn das nicht der Fall ist, kann Dave die Serie nur live gesehen haben und hätte damit ein Alibi. Sofern er beschreiben kann, was in dieser Tiersendung genau passiert ist.« Daniel wusste, dass das als Alibi vor Gericht wohl keinen Bestand hätte, aber um einen Prozess ging es hier erst mal nicht – und insgeheim wollte er den netten Dave auch ganz gern entlastet sehen.

Netti huschte ins Nachbarbüro, drehte Pur leiser, der Koch kratzte einstweilen ausführlich seine Glatze.

»Okay, also warte mal, was habe ich von der Folge denn mitbekommen? Ich habe ja auch gedöst … aber ich glaube, es ging um eine Putenfarm. Ja, genau, ich habe mich mal wieder darüber gewundert, wie hässlich diese leckeren Viecher eigentlich sind. Es ging um eine Putenfarm in Niedersachsen, und wie da mit Impfungen Krankheiten verhindert werden. Und später war noch was mit kleinen Hunden, aber da bin ich wohl weggedämmert …« Dave schickte einen unsicheren »Reicht das?«-Blick zu Daniel.

Im Nachbarbüro hörte man Nettis Maus hektisch klicken.

Nach einem kurzen Moment des Schweigens rief Netti: »Bingo! Es gibt keinen Mitschnitt davon hier zu sehen, aber eine Zusammenfassung der Folge. Komm her, Daniel, dann siehst du, dass Dave recht hat.«

Der Polizist sprang in Nettis Büro rüber und überflog murmelnd die Beschreibung der vorgestrigen Ausstrahlung. »Hmhmhm, Puten, jawohl, Impfstoff Aviffa, jajaja, Tierarzt Dr. Teichmann, Vechta, klingt gut, aha, Welpenschule auf Amrum, also das reicht mir.«

Über den Computer gebeugt, wandte er sich an die Anwesenden im Nachbarzimmer und verkündete feierlich: »Dave, hiermit entlasse ich dich aus dem Kreis der Verdächtigen. In dieser Tierserie ging es genau um die Themen, die du beschrieben hast. Das genügt mir als Alibi. Bei einem ordentlichen Verhör in Deutschland wärst du damit zwar nicht durchgekommen, aber was läuft hier schon ordentlich bei dieser Ermittlung? Und die Tatsache, dass du es warst, der mich überhaupt erst damit beauftragt hat, den Mord aufzuklären, macht dich zusätzlich unverdächtig.«

Daniel kam sich bei seiner kurzen Ansprache vor wie ein erlösender Messias, Netti war währenddessen auf den Schoß ihres Liebsten gesprungen und umarmte den kräftigen Koch.

Der sagte schräg am Kopf seiner Freundin vorbei: »Mein Gott, Daniel, jetzt fällt mir aber echt ein Stein vom Herzen. Ich danke dir aufrichtig.«

Vor lauter Glück war Dave auf einmal ganz förmlich.

Claus grinste zufrieden, schwitzte und erteilte als Vorgesetzter die endgültige Absolution. »Dave, das freut mich sehr. Ich konnte es mir auch gar nicht vorstellen. Aber nun sind wir sicher. Im Rahmen unserer Möglichkeiten zumindest. Gut so.«

Auch Daniel war froh, dass der nette Koch aus der Schusslinie war. Allerdings plagte ihn langsam ein anderer Gedanke, den er aber nicht aussprach, um die gelöste Stimmung nicht zu zerstören. Wenn das mit den Alibis weiter so voranschritt, würden ihm bald die Verdächtigen ausgehen.

***

Gegen siebzehn Uhr pflegten sich die meisten Clubgäste rund um die Poolbar zu versammeln. Dort machten sie sich einerseits über Kaffee und Kuchen her, andererseits galt es, beim Poolquiz sein Wissen zur Schau zu stellen.

Nie im Leben wäre Daniel auf die Idee gekommen, an diesen Raterunden teilzunehmen, die Antworten mussten nämlich sehr laut über das gesamte Barareal gerufen werden. Lautes Skandieren war nicht sein Ding, außerdem hätte er sich als Alleinreisender furchtbar geschämt, wenn er eine falsche Antwort geplärrt hätte. Die meisten Gäste saßen in Teams beieinander und duellierten sich halb scherzhaft, halb ernst gemeint.

Im heutigen Quiz ging es darum, populäre Musiktitel zu vervollständigen. An einer beliebigen Stelle riss der DJ die Lautstärke herunter, die Gäste mussten die Textzeile dann zu Ende singen. Wer das am schnellsten und am lautesten konnte, wurde mit einem Chip belohnt, wer davon wiederum zum Spielende die meisten hatte, konnte sie gegen Mützen oder Schlüsselbänder eintauschen, mit denen man fortan Werbung für den Tarango-Club lief.

Daniel schlich durch die aufgepeitschten Reihen und suchte Regine. Gerade wurde unvermittelt Roland Kaiser der Saft abgedreht.

»Sieben Fässer Wein können …«

»UNS NICHT GEFÄHRLICH SEIN«, kreischte eine Bluthochdruck-Patientin in Daniels Rücken. Das konnte die wortkarge Regine schon mal nicht sein. Unter Applaus wanderte ein Chip an das aufgekratzte Huhn hinter ihm. Die Belohnte stand kurz auf, tanzte albern, klatschte in die Hände und sang den Song unaufgefordert noch ein paar Zeilen weiter. Vier Herren mit nackten Oberkörpern erhoben grölend ihre Biergläser auf die spontane Einlage. Abstoßend.

Aber Daniels Einsatz in der Skandierhölle wurde belohnt, denn tatsächlich wohnte Regine dem nachmittäglichen Spektakel auch bei – allerdings ohne sich daran zu beteiligen. Unter einem Arkadengang saß sie allein an einem Tisch und war trotz des Trubels um sie herum in ein anspruchsvoll anmutendes Buch aus dem Suhrkamp Verlag vertieft.

Da Sitzplätze um diese Uhrzeit rar waren, sah Daniel nichts Unverschämtes darin, Regine zu fragen, ob er sich zu ihr setzen durfte.

Ohne sich von ihm in ihrer Lektüre unterbrechen zu lassen, bedeutete sie ihm, dass er Platz nehmen könne.

Nachdem er etwa dreißig Sekunden wortlos verharrt und nach einer Gesprächseröffnung gesucht hatte, wählte er folgende: »Hast du schon was von der Donauwelle probiert? Die machen die hier ja mit Sahne. Bei der Wärme, ich weiß ja nicht …«

Regine ließ ihr Buch sinken und hatte scheinbar nichts gegen eine Konversation.

»Ich mache die ja mit Vanillepudding statt Sahne. Buttercreme geht auch. Da hat jeder seine eigene Philosophie.«

Hui, das war für die einsilbige Regine ja nachgerade ein

Wortschwall. Vielleicht bin ich ihr ja doch ein klein wenig sympathisch, dachte Daniel heimlich. Das galt es auszunutzen.

»Tjaha, Philosophie. Es hat wohl auch jeder seine eigene Philosophie, wenn es darum geht, mitten im Essenssaal eine Szene zu machen …« Das war zwar ein klein wenig plump, um auf den gestrigen Abend zu sprechen zu kommen, aber Daniels Ermittlungen standen schließlich unter einem gewissen Zeitdruck.

»Ja, mein Gott, das hat mich auch umgehauen.« Regine nahm das aufgeklappte Buch von ihrem Schoß, platzierte ein Lesezeichen an der richtigen Stelle und legte es vor sich auf den Tisch. Eine Geste, die für die Fortsetzung der Konversation sprach.

»Ich mein, wir hatten alle unseren Spaß hier mit Lothar. Aber für mich war das immer nur eine Urlaubssache. Ich bin nie davon ausgegangen, dass es bei einer von uns etwas Festes werden könnte. Bonnie anscheinend auch nicht«, schickte Regine kichernd nach.

Daniel war perplex. Einerseits, weil offenbar auch Regine zu Lothars Gespielinnen zählte, andererseits, weil sie ihm darüber so bereitwillig Auskunft gab. Allerdings schien Verschwiegenheit unter den Tarango-Gästen ohnehin kein hohes Gut zu sein. Während der Jeep-Safari hatte ein Immobilienmakler ungefragt sein provisionsbasiertes Gehalt preisgegeben, eine andere Teilnehmerin zeigte der staunenden Menge kurz darauf ihre Gürtelrose.

»Meinst du denn, Bonnie hat sich tatsächlich Hoffnungen gemacht, diesen Lothar fest an sich zu binden?«, wollte Daniel wissen.

»Na ja, ihre Reaktion spricht schon schwer dafür. Ich kann ganz ehrlich nicht verstehen, was Lothar an Bonnie gefunden hat. Diese Fleischberge würden mich als Mann abschrecken.«

Das konnte Daniel in seiner Eigenschaft als Mann gut nachvollziehen. Er fragte sich nur, ob Regines Abgeklärtheit beim Thema Lothar echt war oder ob sie insgeheim auch eifersüchtig auf Gitta war. Wenn ihre Laisser-faire-Haltung aufrichtig war, hätte sie keinen Grund, Lothar in die Tiefe zu befördern. Es half nichts, er musste sich an ein Alibi rantasten.

»Tagsüber bist du aber nicht mit Gitta und Bonnie unterwegs, oder? Bisher habe ich euch immer nur einzeln gesehen.«

»Nee, wir treffen uns eigentlich immer nur zum Essen. Und auf Lothars Zimmer, dort aber offenbar nie zur selben Zeit.«

Die spröde Regine hatte ja richtig Humor.

»Ich mache tagsüber viel Sport. Das ist Gittas Ding nicht, na ja, und Bonnies ja wohl erst recht nicht.«

Der Sport könnte ein guter Anknüpfungspunkt für ein Alibi sein. »Was machst du denn für Sport?«

Regine nahm eine straffe Haltung ein. »Ich bin Hamburger Stadtmeisterin im Shuffleboard«, verkündete sie nicht ohne Stolz.

»Shuffleboard?« Leider fehlte Daniel zur angemessenen Huldigung der amtierenden Stadtmeisterin komplett die Kenntnis darüber, um was für eine Sportart es sich dabei handelte.

»Kennste nicht? Da schiebst du mit einem Stab, wir nennen den Cue, eine Scheibe, wir nennen die Disc, über ein langes Spielfeld. Am Ende davon sind in Pyramidenform Punktfelder aufgemalt, und du musst dafür sorgen, dass möglichst viele Discs auf der Zehn landen.«

So irre sportlich klang das für Daniel jetzt nicht, aber er wollte nicht durch Bewunderungsentzug Regines Vertrauen verlieren. »Ach, diiiese Spielfelder meinst du. Die habe ich schon gesehen. Da muss man bestimmt ein ruhiges Händchen für haben?«, schmeichelte er der Zahnlabor-Erbin.

»Ja. Und viel Gefühl …«

Schwang da eine kleine Anzüglichkeit mit? Egal, nicht drauf eingehen. »Ach ja, und das spielst du hier auch?«

Regine nickte. »Hinter der Pro-Fit-Area haben sie hier eine sehr gepflegte Anlage. Und scheinbar habe ich es nicht verlernt. Ich bin vorgestern noch Clubmeisterin geworden.«

***

»Wann war vorgestern das Scheffelbridge-Turnier?« Daniel platzte mit dieser alibientscheidenden Frage ins Büro von Claus und Netti. Der Chef war nicht da, aber seine fleißige Sekretärin saß noch im Nebenraum und hackte wieselflink auf ihrer Tastatur herum, während sie »Lena« von Pur mitpfiff.

»Scheffelbridge? Geht's dir gut, Daniel? Was soll das sein?«

In der Aufregung hatte der Ermittler leider vergessen, wie diese seltsame »Sport«-Art genau hieß.

»Na, wo man mit so einem Stiel einen Puck auf eine Zahl schiebt.«

Netti drehte ihren schwäbischen Sekretärinnen-Pop leiser und lachte. »Ach, Shuffleboard ... Auf Kreuzfahrten heißt es immer: Haben Sie noch Sex, oder spielen Sie schon Shuffleboard? Ha. Wann da vorgestern das Turnier war? Keine Ahnung. Warum ist das wichtig?«

»Weil Regine eventuell ein Alibi hat.«

Netti verstand sofort und griff zum Telefon. »Stacy? Netti hier. Schau doch mal kurz in den Action-Sheets, wann vorgestern das Shuffleboard-Turnier war.« Die Sprechmuschel zuhaltend, flüsterte Netti zu Daniel: »Action-Sheets nennen wir die Tagespläne, auf denen steht, wann welcher Sport angeboten wird. Ja, Stacy? Fünfzehn Uhr? Ganz sicher, ja? Und wie lange dauert das so? 'ne gute Stunde? Aha. Super, Stacy, Bussi.«

Stacy, Bussi, Shuffleboard, Action-Sheet! Daniel schwirrte der Kopf. Dennoch war ihm klar, dass Regine soeben ein wasserdichtes Alibi ausgestellt bekommen hatte.

»Tja, Netti, damit ist die letzte heiße Verdächtige aus dem Rennen. Von Moltzahn war beim Arzt, Bonnie hätte für einen toten Lothar keinen Wein im Essenssaal über Gitta gekippt. Die wiederum geht davon aus, dass ein lebendiger Lothar in Berlin auf sie wartet. Dave konnte die Tierserie beschreiben, und Rayk wird wohl kaum den Mann vom Balkon stoßen, der ihm über zwanzigtausend Euro schuldet. Allerdings ist ein ›wohl kaum‹ auch kein Alibi. Ich fürchte, Rayk muss ich mir noch mal vorknöpfen. Hoffentlich explodiert er nicht gleich wieder.«

Daniel kannte diese Situation aus seiner täglichen Polizeiarbeit in Deutschland. Heiße Spuren lösten sich im Nichts auf, höchst Verdächtige kamen plötzlich mit einem unumstößlichen Alibi um die Ecke. Das war genau der Punkt, an dem man sich als Ermittler nicht entmutigen lassen durfte.

In Fernsehkrimis murmelt der Kommissar zu diesem Zeitpunkt gern den Satz: »Ich habe das Gefühl, dass wir irgendetwas übersehen haben …«, um dem Zuschauer zu signalisieren, dass es demnächst zu einer überraschenden Wendung kommen wird. Nur leider laufen Kriminalfälle in der Realität selten nach einem sauber geskripteten Drehbuch ab.

Daniel hatte nicht das Gefühl, irgendetwas übersehen zu haben. Leider. Er musste noch mal mit Rayk sprechen. Nach der ersten impulsiven Begegnung hatte er allerdings keine Idee, wie er ein vertrauensvolles Gespräch mit dem Dekorateur arrangieren sollte.

»Netti, ich frage mich, wie ich noch mal an Rayk rankomme. Er hält mich für den Sohn des Mannes, der ihm mehr als zwanzigtausend Euro vorenthält. Das ist keine Basis für ein entspanntes Gespräch.«

Netti nickte verständnisvoll. »Das verstehe ich. Und die Wahrheit kannst du ihm nicht sagen. Sonst ist die Geschichte morgen im ganzen Club bekannt. Mir fiele nur eine Lösung ein. Ich weiß allerdings nicht, ob du davon so besonders begeistert sein wirst …«

***

Zum zweiten Mal in seinem Urlaub pilgerte Daniel in die Requisite zu Rayk. Beim ersten Zusammentreffen hatte er sich eine gute Geschichte parat gelegt, dieses Mal war es um seine Selbstsicherheit deutlich schlechter bestellt. Der Dekorateur war damit beschäftigt, Plateaustiefel zu sortieren, die heute Abend beim Abba-Musical zum Einsatz kommen sollten.

Daniel machte vorsichtig auf sich aufmerksam. »Ähem, äh, Rayk …«

Der Angesprochene drehte sich um. Unfreundliche Miene. Schlecht. »Justus. Was machst du hier? Ich habe dir gesagt, dass ich von dir und deinem Vater nüscht mehr sehen will.«

Daniel hatte gehofft, dass sich die Wogen geglättet hätten, was anscheinend noch nicht der Fall war.

»Rayk, es tut mir alles sehr leid. Ich weiß nicht, was mein

Vater für eine Vereinbarung mit dir hatte. Ich will es auch gar nicht wissen. (Lüge!) Lass uns die Sache vergessen. Ich bin auch wegen etwas völlig anderem hier.«

Lauernd wartete Rayk auf weitere Erklärungen des vermeintlichen Geldpreller-Sprosses.

»Und zwar, also, ich würde gern bei der Gästeshow mitmachen. Es hieß, da könnte man sich bei dir melden.«

Rayks Miene hellte sich auf. Schon aus rein professionellen Gründen konnte er den dahingehenden Wunsch eines Gastes nicht ablehnen. Außerdem hatte Netti Daniel gesteckt, dass Rayk auf jüngere Männer abfuhr, die an einer seiner Shows teilnahmen. Schweren Herzens hatte sich Daniel daraufhin entschieden, auf diesem Wege seinen Kontakt zu Rayk zu intensivieren. Wenn ihm vor dem Urlaub jemand prophezeit hätte, dass er im Club an einer Gästeshow teilnehmen würde, hätte er denjenigen höhnisch verlacht.

»Och Justus, das finde ich aber gut. Hätte ich dir gar nicht zugetraut. Dann wollen wir mal ausblenden, dass du Lothars Sohn bist, und kümmern uns um eine schöne Rolle für dich.«

Netti hatte offensichtlich recht. Showboys hatten bei Rayk sofort einen Stein im Brett. Daniel konnte ja noch nicht ahnen, dass Rayk bei der Rollenauswahl noch einen kleinen Seitenhieb für ihn parat hatte.

Rayk holte seine Unterlagen für die Gästeshow übermorgen.

»Aaalso«, sagte er gedehnt, während er in einem abgegriffenen Ordner hin und her blätterte. »Wir spielen das ›Dschungelbuch‹. Viel ist nicht mehr frei.«

Mit der Rückseite eines Kugelschreibers ging er Rolle für Rolle auf den Blättern in seiner Hand durch.

»Den Mogli spielt ein Junge aus dem Juniorclub. Baghira, der Tiger, ist schon weg, Balu auch … warte mal, ach nee, der böse Tiger Shir Khan ist seit gestern auch besetzt.«

Rayk klopfte mit seinem Kugelschreiber nachdenklich auf eine der Seiten. »Da bleibt wohl nur noch eins, du wirst die Schlange Kaa.«

Daniel hatte aus Kindertagen noch im Kopf, dass diese Schlange lispelte und psychedelische Dinge mit ihren Augen veranstalten konnte. Dankbar klang das Engagement für diese Rolle nicht. Aber es sollte noch dicker kommen.

»Wenn du schon da bist, können wir gleich mal das Kostüm anschauen.« Rayk war voller Tatendrang. »Wenn Sie sich obenrum schon mal freimachen würden«, witzelte er im Stil eines Arztes und verschwand.

Daniel zog sein Shirt aus und straffte seinen Körper. Wer sich das Vertrauen eines schwulen Dekorateurs erschleichen wollte, musste Opfer bringen.

Ausgesprochen gut gelaunt kam Rayk wieder. Was er mit sich trug, ließ auf ein weiteres, entsetzliches Opfer schließen. In seinen Händen befand sich ein etwa vier Meter langer, grünbräunlich schimmernder Stoffschlauch. Am unteren Ende lief der Ganzkörperstrumpf spitz zu, am oberen befand sich ein Loch von etwa dreißig Zentimetern Durchmesser. Auf der Rückseite sorgte ein Reißverschluss für eine Einstiegsmöglichkeit.

»Ist das nicht toll? Da schlüpfst du komplett rein, man sieht nur noch dein Gesicht. Der Nachteil ist, dass man darin nicht laufen kann. Wir tragen dich bei geschlossenem Vorhang auf die Bühne, du bleibst während des Stücks die ganze Zeit da liegen, und nach dem Schlussapplaus holen wir dich wieder ab.«

Daniel dämmerte, dass er hier keiner Rolle zugestimmt hatte, sondern der kompletten Entwürdigung seiner Person.

Rayk strahlte das Schlangenkostüm verliebt an. »Manchmal finden wir gar niemanden, der die Kaa spielen will. Dann müssen wir das Stück ohne sie aufführen. Deswegen freue ich mich umso mehr, dass du es machst.«

Daniel nickte stumm und ergeben. Es gab nur eine Möglichkeit, aus der Nummer wieder rauszukommen: den Fall bis übermorgen Abend zu lösen, Rayk die Wahrheit zu sagen und den Schlangen-Gig auf dem schnellsten Wege abzublasen.

***

»Leute, das wird die peinlichste Nummer meines Lebens.« Daniel wollte ein bisschen jammern, aus Mangel an anderen Bekanntschaften begab er sich dafür abermals in das Büro des

Clubchefs. Claus war jetzt da, Netti ebenfalls, und beide hatten mit wachsender Heiterkeit Daniels Schilderungen über das Gästerollen-Casting bei Rayk verfolgt.

Nachdem er seine Sprachlosigkeit überwunden hatte, war Daniel noch in der Requisite vom Dekorateur in das Schlangenkostüm gesteckt worden. Dummerweise passte es wie angegossen. Damit auch nur einen Schritt zu laufen war völlig utopisch. Die Beine steckten unbeweglich in dem engen Schlauch, allein der Oberkörper war zu eingeschränkter Bewegung fähig. Daniel war es ein Rätsel, wie er eine Stunde in der unmännlichen Sitzposition der Kopenhagener Meerjungfrau vor mehreren Hundert zuschauenden Clubgästen überleben sollte. Er war sich sicher, er würde im Lauf der Show ein bis zwei Beine wegen Durchblutungsstörungen verlieren oder zumindest währenddessen dringend auf Toilette müssen.

»Ach, Daniel, keine Sorge«, meinte Claus väterlich. »Vor der Gästeshow kursiert die Prosecco-Flasche. Da reduziert sich die Schamgrenze.«

Netti kicherte.

... und es steigt die Wahrscheinlichkeit, dass meine Blase in diesem Reptilienüberzieher platzt, komplettierte Daniel den Satz in Gedanken. Und das alles nur auf den vagen Verdacht hin, dass Rayk irgendetwas mit dem Mord an Lothar zu tun haben könnte.

Wäre er doch Busfahrer oder Bankkaufmann geworden, dann blieben ihm solche Situationen erspart. Auch damals, als er sich die Haare und einen Bart wachsen lassen musste, weil sein Chef ihn bei der Rockerbande Evil Boys Fuldatal als Informant einschleusen wollte, hatte er seine Berufswahl verflucht. Weil diese Burschen aber sogar für eine kleine Zuhälterei zu doof waren, flog der Laden auf, bevor Daniel sich komplett entstellt gefühlt hatte.

Der Ermittler hatte eigentlich keine Lust, sich von Netti und Claus weiter hochnehmen zu lassen. Er hatte allerdings auch keine Lust, in sein Zimmer zu gehen. Dort würde er nur ins Grübeln geraten. Claus verabschiedete sich zu einer Resortleiter-Konferenz. Er merkte wohl, dass Daniel nicht so recht gehen wollte, deswegen ließ er den nachdenklichen Kommissar einfach in seinem Büro sitzen. Netti hatte sich wieder ins Nachbarzimmer verzogen, summte in Vorfreude auf den heutigen Abend ausnahmsweise nicht Pur, sondern Abba-Songs und drosch auf ihre Tastatur ein.

Daniel schaute unzufrieden auf das Flipchart, auf dem er außer Rayk alle Mordverdächtigen durchgestrichen hatte. Unruhig tigerte er in Claus' Büro hin und her, in der Fotoecke blieb er stehen, um sich die Aufnahmen noch mal genau anzuschauen.

Ein ehemaliger Eiskunstläufer, der jetzt im Fernsehen Verbrecher suchte, schien ein Stammkunde zu sein. Ein abgewählter Ministerpräsident war auf mehreren Fotos zu sehen, ein Formel-1-Fahrer, Fußballspieler, Trainer und jede Menge Schauspieler waren vertreten, deren Namen Daniel nicht kannte, die ihm auf dem Bildschirm allerdings schon einige Male begegnet waren.

Schon ein richtiges Promidomizil, wo ich hier gelandet bin, dachte der bodenständige Osthesse.

Neben den Fotos mit Seniorclubchef Roland und seinem Sohn Claus hing eine Aufnahme, die die beiden glücklich strahlend in einer städtischen Einkaufsstraße zeigte. Offenbar war das Schriftstück, das sie in der Hand hielten, Grund für ihre Freude. Weil es das einzige Foto war, das nicht am Strand oder unter Palmen aufgenommen worden war, fiel es unter den anderen besonders auf.

Daniel drehte sich um und rief ins Nachbarbüro: »Netti, was ist das denn für eine Aufnahme hier?«

Sofort eilte die dienstbeflissene Sekretärin herbei. »Ach, da waren Roland und Claus beim Notar. Der Senior hat den Club seinem Sohn überschrieben. Muss um die Jahrtausendwende gewesen sein.«

Daniel grinste. »Tja, mal eben so einen Urlaubsclub vom Papa zu erben, das könnte mir auch gefallen. Aber dazu wurde ich wohl in die falsche Familie geboren.«

Netti machte eine abwiegelnde Kopfbewegung. »So einfach ist das auch nicht immer alles. Was meinst du, was das viele Personal, die Instandhaltung und das ganze Essen kosten? Wenn wir im Jahresschnitt nicht mindestens eine Auslastung von fünfundachtzig Prozent haben, kann es hier auch ganz schnell eng werden. Und ein paar solcher Jahre hat es wohl früher schon gegeben, ich habe das in den älteren Bilanzen gesehen. Aber …«, Netti legte den rechten Zeigefinger auf ihre Lippen, »… das geht dich als Gast natürlich gar nichts an.«

6

Der Verdacht

Selten herrschte in der abgelegenen Villa des Industriellen ein derart geschäftiges Treiben wie an diesem Apriltag des Jahres 1970. Die komplette Familie Grützmacher war zur Vertragsunterzeichnung angereist, selbst seine Frau Luise und seinen Sohn hatte der Kölner Hotelier zu diesem wichtigen Termin mitgebracht. Außerdem waren ein spanischer Anwalt und ein ebenfalls einheimischer Notar in die Einöde gereist.

Im repräsentativen Empfangssaal des Landhauses war die Luft zum Schneiden. Alle Anwesenden, bis auf das Kind, rauchten filterlose spanische Zigaretten. Die Bediensteten des Hausherrn reichten aus Karaffen tiefroten Wein, diskret huschten sie zwischen der Küche und der Empfangshalle hin und her, um immer wieder neue Häppchen auf den Beistelltischen zu platzieren.

Mit einem goldenen Füllfederhalter setzten die Vertragsparteien ihre Unterschriften unter das Vertragswerk. Mittels einer silbernen Löschwippe trocknete der Notar mit routinierter Bewegung die Signaturen. Die Männer reichten sich die Hand und klopften einander zufrieden auf die Schulter.

Ein schwarz gekleideter Butler reichte zur Feier des Tages handgerollte Zigarren aus der Dominikanischen Republik. Für den Rauchgenuss ließ man sich in schweren Ledersesseln nieder. Selbst Luise, die nach diesem Tag nur noch wenige Monate zu leben haben sollte, paffte eine der Zigarren und hustete zufrieden.

Der Notar und der Rechtsanwalt ließen die Deutschen allein und machten sich auf den beschwerlichen Rückweg in die Inselhauptstadt. Luise, ihr Mann und der greise Industrielle nutzten den Rest des Abends, um über den bevorstehenden Untergang Deutschlands zu orakeln. Seit mit Willy Brandt zum ersten Mal ein Sozialdemokrat Kanzler in der Heimat geworden war, sahen sie das Land schweren Zeiten entgegengehen.

***

In seinem Bekanntenkreis traf Daniel immer wieder auf Leute, die darauf schworen, im November einige Tage auf Sylt zu verbringen. Dort könne man sich so richtig schön »durchpusten« lassen. Für diese Art von Urlaub fehlte Daniel jegliches Verständnis. Kälte und Regen konnte er zu dieser Jahreszeit auch ganz prächtig in Osthessen haben, dazu brauchte er keine fünfhundert Kilometer bis ans Meer fahren. Die milde Novemberluft der Kanaren begeisterte ihn dagegen. Er hatte beschlossen, eine kleine Wanderung über den feinsandigen Strand bis zum Ortskern von Morro Jable zu machen, um so auf andere Gedanken zu kommen. Außerdem mischten sich immer mehr einheimische Badegäste unter die Touristen, je näher man dem Ort kam. Und diese gebräunten Spanierinnen waren ein Anblick, den er sich als Single einfach mal ganz gern gönnte.

Wer in Morro auf einen historischen Ortskern hoffte, wurde enttäuscht. Sachliche Häuser waren in den letzten Jahrzehnten hochgezogen worden, die Bewohner arbeiteten meist in den nahe gelegenen Hotels, ein paar auch in der Verwaltung, wenige lebten bis heute vom Fischfang.

Obwohl die Historie fehlte, strahlte der Ort wenigstens ein wenig südländische Gemütlichkeit aus, die man im Schatten der großen Hotels am Strand nicht fand. Trotz der kostenlosen Getränke in ihrem All-inclusive-Club spazierten die Tarango-Gäste gern nach Morro, um sich in einer der Kneipen an der kurzen Strandpromenade niederzulassen.

Diesen Plan hatte Daniel nicht. Er wollte nach Mitbringseln für seine Eltern schauen. Meistens kaufte er am Schluss Wein oder Schnaps, weil er sämtliche Handarbeitskünste seiner Urlaubsländer für Schund hielt.

Seine Shopping-Pläne sollten allerdings jäh durchkreuzt werden.

»Justussss, mein Junge, hier!«

Zunächst reagierte Daniel gar nicht auf den Zuruf, weil er ja nicht Justus hieß. Außer für Rayk und von Moltzahn. Und genau der hatte es sich in der ersten Reihe zum Strand in einer fischernetzdekorierten Bar mit einer großen Sangria gemütlich gemacht.

»Justus, hier, der alte Moltzahn! Haste frei heute? Gar nicht das Clubshirt an!«

»Jaja, genau, freier Tag!«, rief Daniel zurück, winkte und wollte weitergehen.

Von Moltzahn hatte das allerdings anders geplant.

»Justus, komm, setz dich doch. Wennde frei hast, kannste ja auch einen mit mir trinken. Sangria ist zwar kein Zinn 40«, kumpelhaftes Lachen, »aber der Blick auf die Juanitas hier am Strand entschädigt dafür.«

Wahrscheinlich durfte man als Mitarbeiter in der »Guest Relation« eine solche Einladung nicht ausschlagen. Daniel verschob den Souvenirkauf und machte es sich neben dem knorrigen Senior gemütlich.

»Ich wollte eigentlich ein paar Sachen für mein Team einkaufen, aber das kann ich in einer halben Stunde auch noch machen. Ich würde heute allerdings gern bei einem Kaffee bleiben, nach unserer Zinn-40-Runde war ich beim letzten Mal ziemlich angeschickert.«

Daniel bestellte Koffein, von Moltzahn weiteren Alkohol. Dann lobten sie beide das Wetter, das Aussehen der Spanierinnen und die gute Küche im Club. Von Moltzahn erzählte, dass er heute einen guten Tag hatte und sogar ohne Rollator bis in den Ort gelaufen war. Daniel nutzte seine Chance. Wenn er von Moltzahn schon beim Trinken zuschauen sollte, dann nicht, ohne an neue Informationen heranzukommen. Daher beschloss er, dass die Small-Talk-Runde jetzt beendet war.

»Ich bin doch immer noch mit dieser Vierzig-Jahre-Chronik beschäftigt.«

Moltzahn nickte auskunftsbereit.

»Einige Kollegen haben mir erzählt, dass es Phasen gegeben haben muss, in denen es dem Tarango nicht ganz so gut ging wie heute. Hat man das als Gast irgendwie mitbekommen?«

Der adlige Stammgast überlegte. »Ja, ich denke schon. Das muss so in den neunziger Jahren gewesen sein. Da hatte sich das Publikum vorübergehend ziemlich verändert. Ich sage das nicht gern, mein Junge, aber es kamen auf einmal jede Menge Ossis. Weißte, ich hab nix gegen die Leute von drüben. Die haben es lange genug schwer gehabt. Aber die Gäste hier waren von der Sorte, die da drüben mit krummen Geschäften das schnelle Geld gemacht haben. Klapprige Gebrauchtwagen überteuert verkauft oder den armen Leuten irgendwelche Versicherungen angedreht, die sie gar nicht brauchten. Und die haben sich dann hier übel aufgeführt. Also, nichts gegen Leute aus der ehemaljen DDR, in Braunschweich gibt's davon genug, aber diese Emporkömmlinge, die dann hier eine Runde nach der anderen geschmissen und mit ihrer D-Mark geprotzt haben, nee, das ist nich mein Ding. Na ja, und das haben wohl einige andere Stammgäste auch so gesehen und sind weggeblieben.«

Daniel hatte die Schilderungen des Insiders mit wachsendem Interesse verfolgt. »Sie meinen, der Tarango hatte eine Zeit lang Geldprobleme? Momentan läuft es doch wieder sehr gut.« Die letzte Aussage war zwar nur geraten, aber ein Mitarbeiter der »Guest Relation« musste darüber ja ansatzweise Kenntnisse haben.

»Ja, nu is alles wieder gut. Die ham sich berappelt. Seit der Claus Clubchef ist, hat sich auch einiges zum Besseren verändert. Der alte Roland war am Schluss vielleicht auch nicht mehr ganz auf der Höhe der Zeit. Kein Internet-Terminal damals, in vielen Zimmern kein Fernseher, Bingo-Abende, das war auch vor zehn Jahren schon oll.«

Daniel musste dem alten von Moltzahn attestieren, dass er im Kopf offenbar jung geblieben war. Das Thema interessierte ihn. Würde zwar vermutlich nichts mit seinem Mordfall zu tun haben, aber solche Geschichten hörte er gern.

»Hat sich dieser Roland denn freiwillig zurückgezogen? Ich meine, oft laufen solche Übergaben an die nächste Generation doch eher holprig ab …«

Der Stammgast grinste. »Nee, von freiwillig kann da keine Rede gewesen sein. Die Story dahinter ist kurios. Willste hören?«

Konnte man eine Story nach dieser Ankündigung ablehnen? Daniel nickte eilig.

»Also, mein Junge, das war wohl so. Das Grundstück, auf

dem der Club steht, gehörte seit den vierziger Jahren einem deutschen Industriellen. Er hat da oben in den Bergen in einer Villa gewohnt, die heutzutage verfällt.«

Diese Villa sagte Daniel etwas. Sie wurde bei manchen Jeep-Touren angefahren, er war bei seiner allerdings nicht dort gewesen.

»Das muss ein komischer Typ gewesen sein«, fuhr von Moltzahn fort. »Nazi oder so. Jedenfalls hat der Anfang der siebziger Jahre den Grund und Boden hier am Strand seinem Freund Grützmacher verkauft. Alte Kölner Hoteldynastie. Roland Grützmacher, du verstehst?«

Daniel verstand. Der ehemalige Clubchef.

»Nun war dieser geheimnisvolle Geschäftsmann da oben aus den Bergen schon lange mit den Grützmachers befreundet. Sohn Grützmacher war sein Patenkind.«

Claus also. Das war ja tatsächlich eine heiße Geschichte.

»Und jetzt kommt der Clou: Weil der Verkäufer wollte, dass sein Patensohn den Laden beizeiten übernimmt, hatte der Vertrag eine Klausel. Die besagte, dass Roland den Club spätestens bis zur Jahrtausendwende an seinen Sohn übergeben haben musste. Natürlich hat der Seniorchef die Sache bis zum Schluss ausgereizt. Er wollte die Zügel so lang wie möglich selbst in der Hand behalten. Erst im März 1999 fand die Übergabe tatsächlich statt. Neun Monate später wäre der ganze Laden an den spanischen Staat gegangen. So war es in dem Vertrag festgehalten. Dieser Industrielle war wohl ein großer Fan von General Franco und ging davon aus, dass dessen Nachkommen hier in Spanien nach seinem Tod das Ruder übernehmen. Ein Touristenclub in der Hand von Neo-Faschisten. Das wäre doch auch mal 'ne Schlagzeile gewesen, wa?«

Von Moltzahn lachte schallend, Daniel staunte.

»Und woher wissen Sie das alles?«

Nun grinste von Moltzahn gewitzt. »Schach heißt das Geheimnis, mein Junge, Schach. Ich habe mit dem alten Roland einige hundert Partien in den letzten Jahrzehnten gespielt. Nie im Club, immer hier in dieser Bar. Der musste ja auch mal was anderes sehen als sein Hotel. Na, und wenn man bei Rotwein,

Kerzenlicht und vierundsechzig Spielfeldern zusammensitzt, kommt jeder früher oder später ins Reden.«

***

»Weeeeiblicher! Du musst weiblicher sein, Justus! Kaa ist eine Schlangen-*Dame.* Schau mal.« Rayk legte sich neben den bemitleidenswerten Undercoveragenten, für den die erste Probe in seinem Schlangenkostüm zum kompletten Fiasko ausartete.

Alle Gäste, die die anderen Rollen spielten, hatten dumme Kommentare abgegeben, während Daniel in einer zehnminütigen Prozedur von Rayk und Choreografin Litwina in den Schlangenschlauch gepresst wurde. Alle mussten ja davon ausgehen, dass er sich freiwillig für diese Rolle gemeldet hatte und aus freien Stücken als Reptil-Wurst auf der Bühne abgelegt werden wollte.

Zu allem Überfluss stellte sich sein Part bei dem Stück nicht einmal als Sprechrolle heraus. Er musste lediglich eine Minute seine Lippen zu einem albernen Lied bewegen, mit dem die Schlange das Menschenkind zu hypnotisieren versuchte. Und dazu wollte Rayk weeeeiblichere Bewegungen haben. Deswegen suhlte er sich jetzt neben Daniel auf dem Boden und versetzte seinen Oberkörper in unfassbar tuntige Schwingungen.

»Schau, so. Weeeeich. Saaaanft. Schlangenartig. Du musst eins mit deiner Rolle werden.«

Aus dem abgedunkelten Zuschauerraum feuerte die slowakische Choreografin ihren Kollegen noch an. »Du machst gutt, Rayk, schen wie Schlann-ge. So du musst auch bäwägen, Juustus. Denk einfach, du bist Zischel-Zischel-Schlann-ge.«

Ab wann greifen eigentlich die Genfer Menschenrechtskonventionen, wenn Deutsche im Ausland interniert und misshandelt werden?, fragte sich Daniel. Verschärfend kam hinzu, dass der osthessische Kinder-Phobiker ein echtes Kind ansingen sollte. Und zwar eines, mit dem er schon unangenehme Bekanntschaft gemacht hatte. Kennzeichen-Kind Benny! Der freche Watz hatte sich beim ersten Probedurchgang vor Lachen gebogen, als Daniel-Kaa vor ihm anscheinend sehr unweiblich rumeierte und ihn in Hypnose singen wollte. Und er konnte es dem Burschen an dieser Stelle nicht mal übel nehmen. Wenn Daniel diese Gästeshow als Zuschauer gesehen hätte, wäre er vor Fremdscham bei Kaas Auftritt aus dem Theater geflohen.

Der zweite Probedurchgang schien besser gewesen zu sein, Benny hatte Daniel weniger ausgelacht, und auch Litwina fand lobende Worte.

»Bist du schon mehr Zischel-Zischel wie vorhär, wird gutt, Juustus.«

Leider war das Grauen mit der Probe noch nicht beendet. Denn die anschließende Prosecco-Runde war mindestens genauso anstrengend. Die teilnehmenden Gäste prahlten damit, in welchen Clubs sie schon in welchen Shows mitgespielt hatten, und fingen an, populäre Musical-Hits zu intonieren.

Ein dicker Münsterländer, der den Affenkönig King Louie spielte, beschrieb einer wehrlosen Frau, die bei den Proben ein Geierkostüm getragen hatte, detailliert einen Schwank, den er mit seiner Laientheatergruppe unlängst auf die Bühne in Coesfeld gebracht hatte.

Daniel fühlte sich unwohl. Der Einzige, dem die Situation auch auf die Nerven zu gehen schien, war Benny. Das Kind gesellte sich zu Daniel und eröffnete ungeniert das Gespräch.

»Hey du, was arbeitest'n du, wenn du in Deutschland bist?«

Daniel, der sich in der Gästeshow-Gruppe zwangsläufig Justus nennen lassen musste, hatte sich für seine Rolle als Sohn von Lothar keinen Beruf parat gelegt. Rayk war zwar in dem Glauben, dass er irgendetwas tun musste, was ihm wahnsinnig viel Geld brachte, aber da Rayk für die umstehenden Gäste gerade eine Agnetha-Fältskog-Privat-Performance gab, konnte er Benny auch die Wahrheit sagen.

»Ich bin Polizist. Also, Kommissar. Wie im Fernsehen, weißt du?«

Bennys Augen glänzten. »E-hecht? Mit Pistole und so? Voll Verbrecher jagen?«

Das zumindest gefiel Daniel an Kindern. Sie waren von seinem Beruf beeindruckt. »Ja, mit Pistole. Aber wir schießen fast nie. Nur wenn ein anderer auf uns schießt. Meistens sitze ich im Büro und befrage Leute. Weißt du, wenn man geschickt fragt, kann man den Fall auch oft lösen.«

Benny fand das toll und setzte sich keck auf einen Barhocker. »Ich habe mit meinen Freunden auch einen Detektivclub. Ich muss mir immer alles merken und notieren. Die anderen können sich besser anschleichen und beschatten, aber ich sammel die Fakten.«

Er machte durch seinen Gesichtsausdruck klar, dass er diese Tätigkeit für eine Schlüsselrolle in seinem Detektivclub hielt. »Ich kann dich ja mal besuchen kommen, und dann lösen wir zusammen einen Fall.«

Auch wenn Daniel Benny mittlerweile für den Menschen in seiner Schauspielgruppe mit den wenigsten Allüren hielt, wollte er sich bei Ermittlungen auf keinen Fall von einem Kind helfen lassen. Trotzdem wollte er den Traum nicht zerstören und versprach: »Wenn ich hier im Urlaub mal zufällig einen Mörder finden muss, dann werde ich auf dein Angebot zurückkommen.«

***

Ein letztes Mal an diesem Tag wollte Daniel bei Netti und Claus Bericht erstatten und mit ihnen das weitere Vorgehen besprechen. Es war allerdings schon früher Abend, und die Büros des Clubchefs und seiner fleißigen Sekretärin waren leer. Abgeschlossen hatte niemand, bei Netti lief eine Ballade von Pur, was insgesamt dafür sprach, dass einer von beiden noch mal zurückkommen wollte. Daniel nutzte die Gelegenheit, um sich das Foto von Claus und Senior Roland ein weiteres Mal genauer anzuschauen.

Irgendetwas auf dieser Aufnahme passte nicht zu dem, was ihm der alte von Moltzahn erzählt hatte. Nachdenklich starrte der Kommissar in vorgebeugter Haltung das Bild an. Roland hatte sein Hemd lässig aufgeknöpft, das Jackett mit dem Zeigefinger durch die Aufhängeschlaufe auf der Schulter locker abgelegt. Unter seinem linken Arm klemmte eine zusammengerollte Zeitung, die Headline lautete fett gedruckt: *9:0*, mehr konnte man nicht lesen. Claus trug ein Polohemd, streckte mit seiner rechten Hand den Überschreibungsvertrag in die Kamera und hatte den linken Arm leger angewinkelt in die Hüfte gestemmt. Beide machten einen aufgeräumten und tief zufriedenen Eindruck.

Und genau das war es, was Daniel störte. Von Moltzahn erzählte doch, dass Roland die Übergabe so weit wie möglich hinausgezögert hatte. Und dass er die Geschäfte nach fast dreißig Jahren nur ungern an seinen Junior übergeben hatte. Weswegen also sah er auf dem Foto so glücklich, fast gelöst aus?

Daniel hatte in seinem beruflichen Alltag gelernt, dass es gerade die kleinen Dinge sind, die bei der Ermittlungsarbeit oft zum Erfolg führen. In seinen ersten Jahren als Kommissar gab es immer wieder Situationen, in denen ihn bei seiner Recherchearbeit eine Winzigkeit für einen kurzen Moment störte. Allzu oft hatte er diesen Ansatz aber schon wieder vergessen, bevor er genauer darüber nachdenken konnte.

In zwei Fällen hatte die Lösung später tatsächlich mit solchen Ungereimtheiten zu tun, die er nicht zu Ende gedacht und am Anfang seiner Berufslaufbahn zu schnell als Lappalien abgetan hatte. Deswegen war es für ihn zu einer eisernen Regel geworden, alles genau zu überprüfen, was ihm auch nur ansatzweise für den Bruchteil einer Sekunde bei den Ermittlungen aufstieß. Und genau so verhielt es sich mit der unerklärlichen Ausgelassenheit von Roland auf diesem Foto.

Weil sich immer noch niemand außer ihm im Clubchefbüro befand, machte er mit seinem Handy schnell ein Foto von der Aufnahme. Er wollte sie sich später in seinem Zimmer noch mal in aller Ruhe anschauen.

***

Die Abendbüfetts versetzten Clubneuling Daniel täglich in Erstaunen. Die Köche, denen es immer wieder gelang, derart viele verschiedene Gaumenfreuden auf eine Insel zu zaubern, auf der nichts wuchs, hatten seine höchste Bewunderung.

Heute Abend wurden die hungrigen Gäste unter dem Motto »Mr. Wongs tausend Köstlichkeiten« asiatisch verwöhnt. Seit

Daniel auf einer Reise durch Thailand in Garküchen am Straßenrand gegessen hatte, wusste er, wie asiatisches Essen wirklich zu schmecken hatte – und einige Gerichte waren am heutigen Abend nicht weit davon entfernt.

Belustigt hatte er beobachtet, wie sich Bonnie für das Dinner einen neuen Tisch gesucht hatte. Auf ihre Freundin Gitta hatte sie wohl keine Lust mehr. Trotz ihrer oberbayrischen Überheblichkeit tat Gitta Daniel leid. Schließlich würde sie früher oder später erfahren, dass Lothar tot oder zumindest verschollen war. Und das gönnt man niemandem, der frisch verliebt ist.

Daniel vermied es, sich an einen Tisch zu setzen, an dem sich jemand aus seiner Gästeshow-Gruppe befand. Erstens kannten sie ihn unter Justus, und dieses Doppelnamenspiel konnte noch zu Komplikationen führen, zweitens fand er sie alle ätzend. Er nahm »Mr. Wongs tausend Köstlichkeiten« deswegen bei fremden Leuten am Tisch ein, die sich als maulfaule Schwaben herausstellten und ihm deswegen fremd blieben.

Nach dem täglichen Kampf um die besten Plätze im Essenssaal ging der Fight danach an der Bar direkt weiter. Denn nur die wenigsten Plätze boten einen guten Blick auf den sogenannten »FunPoint«, wo allabendlich bis Mitternacht unter freiem Himmel getanzt wurde. Die Musikauswahl hatte sich dem Publikum angepasst, es verging kein Abend ohne Andrea Berg oder Helene Fischer.

Da sich Daniel diesem Sehen-und-Gesehenwerden nicht aussetzen wollte, suchte er sich einen Tisch fernab vom Trubel. Er ließ sich von der hübschen Kellnerin einen sahnebasierten »Coco Loco« bringen, der vermutlich noch mal genauso viele Kalorien hatte wie sein gesamtes Abendessen.

Der Kommissar streckte die Beine aus, wartete auf den Drink und zückte sein Handy. Eine Sache wollte er heute Abend noch überprüfen. Er rief das Foto von Roland und Claus auf, das er im Büro abfotografiert hatte. Die spanische Zeitung unter Rolands linkem Arm berichtete über ein 9:0, so viel war lesbar. Wenn eine spanische Zeitung ein Ergebnis in dieser Größe feierte, musste es sich um Fußball handeln.

Daniel öffnete den Internet-Browser und gab bei einer Suchmaschine ein: *9:0 Spanien Fußball.* Der dritte Treffer schaffte Klarheit: Am 27. März 1999 hatte die spanische Nationalmannschaft die Gegner aus Österreich mit diesem Kantersieg bei einem EM-Qualifikationsspiel vom Platz gefegt. Daniel musste grinsen. Seit der Schmach von Córdoba sind die wenigsten deutschen Fußballfans gut auf die Österreicher zu sprechen. Mit einem 3:2 hatten die Alpenkicker 1978 dafür gesorgt, dass Deutschland als amtierender Weltmeister aus dem Turnier flog. Daniel konnte eine kleine Freude über die 9:0-Packung nicht verhehlen, schämte sich aber gleichzeitig, jedenfalls ein bisschen, weil er Österreich eigentlich mochte.

Er schob den Fußball-Gedanken beiseite und konzentrierte sich wieder auf seinen Fall. Es kam zeitlich alles hin. Ende März 1999 hatten Roland und Claus den Übergabevertrag unterzeichnet, kurz darauf übernahm der Junior die Leitung. Daniel steckte sein Handy weg und widmete sich dem cremigen Cocktail. Er begann sich gerade mit dem Gedanken anzufreunden, heute früh ins Bett zu gehen, als auf einmal Benny auf ihn zugehüpft kam.

»Maaama, Paaapa, das ist der Polizist. Kommt doch mal, hey! Maaama, hiiier!« Hektisches Winken.

Noch bevor die Eltern Daniels Tisch erreichten, hatte er den Kleinen schnell zu sich herangezogen. »Benny, du darfst nicht so rumschreien, dass ich Polizist bin. Vielleicht suche ich hier im Club ja heimlich einen Gauner. Und der darf das nicht wissen. Also, erzähl das außer deinen Eltern bitte niemandem. Das ist unser Geheimnis, okay?«

Bennys ehrfurchtsvolle Augen konnten den Kommissar sicher sein lassen, dass der Kleine dieses Geheimnis gut hüten würde.

»Guck ma, Mama, das ist der Justus«, dirigierte das Kind seine Eltern die letzten Meter an den Tisch. Sehr viel leiser setzte er nach: »Der Polizist, von dem ich euch erzählt habe.«

Das schönste Ehepaar der Welt stand da plötzlich vor Daniel. Die Frau hatte lange, glänzende braune Haare, ein ebenmäßiges Gesicht, eine Figur wie Claudia Schiffer in ihren besten Tagen und strahlend weiße Zähne. Bennys Vater trug ein provokant geschnittenes Shirt, unter dem sich gerade so viele Muskeln abzeichneten, dass der Erwerb nicht angestrengt wirkte. Dazu trug er eine dieser Hipster-Frisuren, an den Seiten kurz, oben gescheitelt, und sah damit aus, als wäre er einer von diesen Typen aus den Katalogen, die Friseurkunden auf den Schoß geknallt bekommen, um sich mal »'ne fetzige Anregung« zu holen. Auch in seinem Mund befanden sich zwei makellose Reihen Zähne, die er jetzt zur Begrüßung entblößte.

»Hey, wir sind Nick und Elena, Bennys Eltern. Er hat uns schon von dir erzählt. Du heißt Justus, spielst die Schlange Kaa und bist im wahren Leben Polizist.«

In schlechten Serien hießen die gut aussehenden Typen auch überwiegend Nick, dachte Daniel.

»Sorry, wenn der Kleine dich nervt, aber er hat hier ja kaum jemand zum Spielen.«

Daniel bedeutete den schönen Menschen, sich zu ihm zu setzen.

Elfenhaft nahm Elena Platz, fuhr sich durch ihre Prachtmähne und schickte weitere Erklärungen nach. »Wir haben im Internet gebucht, ohne uns ausführlicher zu informieren. Fünf Kilometer weiter Richtung Flughafen liegt der nächste Tarango-Club, wo es vor Kindern nur so wimmelt. Und wir sitzen hier. Das nächste Mal lasse ich mich im Reisebüro beraten.«

Daniel lächelte schief. »Das hilft auch nicht immer. Mir wurden hier Single-Frauen in meinem Alter versprochen …«

Nick lachte männlich. »Und nun hast du dich aus lauter Enttäuschung an den hintersten Tisch verzogen, um dir das Mumienschieben nicht mit anzugucken?«

Daniel stutzte. »Mumien-was?«

Elena knuffte ihren Mann in die Seite. »Nick, das sollst du nicht sagen. So nennt der das immer, wenn die Rentner am ›FunPoint‹ Discofox tanzen. Du bist unmöglich«, rüffelte sie ihn sanft, woraufhin er ihr schnell einen Versöhnungskuss gab.

»Und, wie gefällt es dir hier so, ohne Single-Frauen in deinem Alter?«, wollte Bennys Vater wissen.

»Na ja, sagen wir mal so, zwei Wochen zum Relaxen kann man es gut aushalten. Vom Frühstück zur Liege, von der Liege zum Mittagessen, vom Mittagessen zur Liege und von der Liege zum Abendessen.«

Nick hievte Benny auf seinen Schoß, wobei sich unter dem Ärmel des provokanten Shirts ein Berg an Oberarmmuskulatur zusammenballte, der darauf schließen ließ, dass Nicks Urlaub aus mehr Action bestehen musste, als zwischen Liege und Essenssaal hin- und herzupendeln.

»Aber das wird dir bei deinem stressigen Job im Kommissariat doch auch mal ganz guttun, ein paar Tage relaxen«, sagte Nick, und Elena nickte verständnisvoll.

Daniel fand seinen Job im beschaulichen Bad Hersfeld zwar gar nicht so stressig, freute sich aber darüber, dass ihn das schönste Ehepaar der Welt für ein wichtiges Rad im Getriebe der Verbrechensaufklärung hielt.

Im weiteren Verlauf des Gesprächs stellte sich heraus, dass Nick Teilhaber an der größten Radiologie-Praxis Bremens war und Elena ayurvedische Massagen und Kochkurse anbot. Die beiden waren Daniel sehr sympathisch. Sein Alter, sein Humor, nur etwa drei bis vier Gehaltsklassen über ihm.

Benny war – entgegen Daniels erster Einschätzung – ein gut erzogenes Kind, das schwieg, während sich die Erwachsenen unterhielten. Irgendwann ließ er sich von seinem Vater ein Handy reichen und spielte ohne Ton ein paar Runden »Angry Birds«.

Etwas später wurde er allerdings quengelig. »Justus, wann darf ich dir denn mal helfen, einen Verbrecher zu fangen?«

Nick wuschelte seinem Sohn durch die Haare. »Du, der Justus wohnt ganz weit weg von uns. Da kannst du nicht einfach hinfahren. Aber du kannst später dein Schülerpraktikum ja bei der Polizei machen.«

Diese Aussicht gefiel Benny, er wollte allerdings konkreter werden. »Wann macht man das denn?«

Elena kam ihrem Mann zu Hilfe. »Meistens in der neunten oder zehnten Klasse. So mit sechzehn.«

Das wiederum enttäuschte Benny. »Wooaah, das ist ja erst in sieben Jahren«, maulte er.

Daniel fühlte sich bemüßigt, Bennys Berufswünsche zu unterstützen, und kramte sein Mobiltelefon hervor. Er öffnete das Bild, das er von dem Foto in Claus' Büro gemacht hatte.

»Guck mal hier, Benny. Die beiden Männer sehen doch total glücklich aus, oder? Meinst du, einer von denen tut nur so, als ob er fröhlich wäre?«

Der Junge betrachtete die Aufnahme ausführlich. »Nee, wenn Mama und Papa so lachen, dann sind die ganz glücklich. Aber ist der eine davon nicht Claus, der hier der Chef ist?«

Daniel lobte den Nachwuchsermittler. »Das hast du aber gut erkannt. Obwohl das Foto schon älter ist als du.«

»E-hecht? Von wann ist das denn? Ich bin 2005 geboren.«

Daniel nickte. »Siehst du. Und das Foto ist schon von 1999.«

Benny inspizierte die Aufnahme noch mal ganz genau und zog das Foto routiniert größer, indem er Daumen und Zeigefinger auseinanderspreizte.

Elena machte ihren Sohn nach und sagte lachend: »Diese Bewegung haben wir noch nicht gekannt, als wir neun waren.«

Auch Nick und Daniel mussten darüber lachen.

Benny ließ sich nicht davon aus der Ruhe bringen, kniff die Augen zusammen, schob die Aufnahme hin und her, beendete seine Betrachtung, legte Daniels Handy schließlich auf den Tisch und verkündete: »Dieses Foto ist nicht von 1999. Es muss neuer sein.«

***

Benny hatte seine sensationelle Entdeckung voll ausgekostet. Er ließ Vater, Mutter und Daniel minutenlang rätselnd auf das Foto starren, ohne ihnen einen Hinweis zu geben, wie er zu seiner Behauptung kam.

Neben Roland und Claus sah man im Hintergrund zwei Kleinwagen. Einen Opel Corsa der ersten Baureihe und einen älteren Seat, dessen Modellbezeichnung keiner der drei genau kannte. Offenbar waren es aber keine Autos, die nach 1999 gefertigt wurden, daran konnte Benny also nicht erkannt haben, dass die Aufnahme neueren Datums war.

Nachdem die drei Erwachsenen schließlich kapituliert hatten, rückte der Nachwuchsermittler mit der Sprache raus: »Seht ihr das Nummernschild von dem Corsa?«

Hektisch vergrößerte Daniel das Foto.

»4331 BXF. Das ist ein neues spanisches Kennzeichen. Die gibt es erst seit 2001. Davor konnte man anhand der Nummernschilder noch erkennen, aus welcher Provinz das Auto kam.«

Nick, Elena und Daniel schauten sich erstaunt an, während das Kind ein wenig altklug weiterreferierte: »Auf Fuerteventura hatten die Autos bis 2001 vorn GC stehen, weil die Insel zur Provinz Gran Canaria gehört. Genauso wie Lanzarote übrigens. Die anderen Kanareninseln hatten TF, das ist die Provinz Teneriffa. Seit 2001 gibt es nur noch die neuen Kennzeichen, und man kann nicht mehr erkennen, woher aus Spanien das Auto kommt. Schade eigentlich.«

Nick lächelte milde und strich seinem Sohn über den Kopf. »Klar ist das schade. Sonst hättest du die auch noch alle auswendig gelernt.«

Benny nickte, grinste zufrieden und genehmigte sich einen großen Schluck Fanta.

Daniel ärgerte sich ein klein wenig. Da nannte er den Bengel heimlich schon das »Kennzeichen-Kind« – und nun war er nicht darauf gekommen, wie der Naseweis zu seiner steilen These kam. Aber viel entscheidender: Wenn es stimmte, dass die Aufnahme tatsächlich erst nach 2001 entstanden war, warfen sich jede Menge Fragen auf. Hatte die Überschreibung des Clubs auch erst später stattgefunden? Weswegen hatte Roland eine Zeitung aus dem Jahr 1999 unter dem Arm? Hatte das alles irgendetwas mit dem Tod von Lothar zu tun?

Daniels Gedanken rotierten. Trotzdem wollte er es noch mal ganz genau wissen.

»Bist du dir denn wirklich sicher, Benny? Es wäre von großer Bedeutung, wenn dieses Foto erst zwei Jahre später entstanden wäre.«

Benny nickte eifrig, seine Mutter übernahm eine Bürgschaft für ihren Sohn. »Benny weiß wirklich alles, wenn es um Kennzeichen geht. Er kennt jede Seite im Internet dazu. Er hat dem Ministerpräsident von Mecklenburg-Vorpommern einen Brief mit Vorschlägen geschrieben, als dort Landkreise zusammengelegt wurden. Auf diesem Gebiet macht dieses Kind keinen

Fehler.« Elena seufzte. »Wäre schön, wenn er so viel Energie auch in der Schule aufbringen würde …«

In Erziehungsfragen wollte sich der Kommissar nicht hereinziehen lassen, deswegen packte er sein Handy ein und stand auf.

»Nick, Elena, es war sehr schön mit euch. Vielleicht sehen wir uns morgen beim Essen. Und Benny, dir danke ich ganz herzlich für deine Entdeckung. Ich weiß noch nicht, wie wichtig sie ist, aber irgendetwas stimmt da nicht. Schlaft gut.«

Im Gehen wuschelte Daniel seinem neuen Ermittlerkollegen durch die Haare, und als er sich nach ein paar Metern noch mal umdrehte, sah er, wie Nick seinen Sohn stolz umarmte. Fast wurde er ein bisschen wehmütig. Bei einem Sohn wie Benny könnte er sogar seine Abneigung gegen Kinder vergessen.

Auf dem Weg zu seinem Zimmer versuchte er, die neuen Erkenntnisse einzuordnen. Noch bevor er vernetzte Gedanken herstellen konnte, wurde er aber von einem metallischen Scheppern in die Realität zurückgeholt. Hinter zwei Palmen führte eine Feuerleiter auf das Vordach, auf dem Lothar vor zwei Tagen lebensbeendend gelandet war.

Daniel hatte sich von Netti die Stelle genau zeigen lassen. Nun sah er, wie eine dunkel gekleidete Gestalt über die Leiter auf genau dieses Dach stieg. Daniel konnte nicht mehr ausmachen, ob es irgendjemand aus dem Club war, den er kannte, schon war der Kletterer auf dem kiesbedeckten Flachdach verschwunden. Leise knirschende Schritte konnte man von unten vernehmen, die Daniel durch den Wind und die nahe Brandung vermutlich gar nicht aufgefallen wären, wenn er nicht gewusst hätte, dass sich jemand auf dem Dach befand.

Über den frisch bewässerten Rasen sprang Daniel lautlos hinter eine Ecke des flachen Vorbaus. Er wollte abwarten, ob der Kletterer denselben Weg zurück nahm – und schauen, wer sich da nächtens auf dem Dach rumtrieb. Nur wenige Meter hinter seinem Beobachtungsposten führte die Feuerleiter zum Boden. Nah genug, um auch bei schlechter Beleuchtung ein Gesicht zu erkennen.

Das Knirschen der Schritte auf dem Dach hatte sich entfernt, irgendwann hörte Daniel nichts mehr außer den Wellen am Strand und den Palmenblättern im Wind. Vielleicht war auch nur ein Wäschestück von einem Balkon auf das Vordach geweht worden – und der Besitzer holte es im Schutz der Dunkelheit wieder.

Der Kommissar war sich plötzlich nicht mehr sicher, ob das hier etwas brachte. Außerdem sickerte in seine weißen Stoffturnschuhe so langsam das Wasser ein, das eigentlich dem Gras zugedacht war.

Gerade als er sich darüber ärgern wollte, kamen die Schritte auf dem Dach zurück. Kurz danach wurde der erste Fuß auf die Leiter gesetzt. Daniel konnte recht ungeniert zuschauen, denn der Kletterer hatte sein Gesicht beim Herabsteigen starr auf die Wand vor sich gerichtet.

Der Ermittler verwarf den Gedanken, dass es sich um einen Gast handeln könnte, der etwas vom Dach holen wollte. Zu routiniert sah es aus, wie die Beine des Kletterers Stufe um Stufe nahmen, den Abstand dazwischen genau kennend.

Nach etwas sechs Metern berührten die Füße den Boden. Kurz drehte der Kletterer den Kopf nach rechts und links, in diesem Augenblick erkannte Daniel, wen er da bei seinem nächtlichen Ausflug beobachtet hatte. Niemand Geringeren als Rayk!

Während der Dekorateur mit der Eleganz einer Schleichkatze verschwand, lehnte sich Daniel an die Außenmauer des flachen Baus und musste erst mal tief durchatmen. Noch vor drei Stunden schienen ihm die Verdächtigen auszugehen, plötzlich hatte er ein Bild von 1999, das erst nach 2001 aufgenommen worden sein konnte, und einen Dekorateur, der nachts heimlich zu dem Ort pirschte, an dem Lothar vor zwei Tagen gestorben war.

Noch konnte der Ermittler zwar nicht sagen, was das alles zu bedeuten hatte, es stand aber zweifelsfrei fest, dass hier irgendetwas nicht stimmte.

7

Der Helfer

Die Redaktionsräume der »Osthessischen Landeszeitung« in Bad Hersfeld waren seit Jahrzehnten in einem chaotischen Zustand. Zu klein, zu unaufgeräumt, schlecht beleuchtet und schlecht belüftet. Wenigstens der Gestank hatte nachgelassen, seit vor drei Jahren ein Rauchverbot im gesamten Gebäude erlassen wurde. Lange Zeit war das Blatt technisch rückständig gewesen, erst nachdem der Herausgeber ein EDV-System aus der Konkursmasse einer Brandenburgischen Lokalzeitung gebraucht erstanden hatte, wurde auf Computer umgestellt. Trotzdem bot die »OLZ« ihren Lesern einwandfreien Journalismus.

Seit Jahren stemmten sich der Verleger und die Mitarbeiter gegen die feindliche Übernahme durch eine solvente Zeitungsgruppe aus Kassel. Nur mit viel Liebe zur Heimat und einer gleichbleibenden Qualität konnten die Abonnentenzahlen in einer ohnehin demografisch schwer gebeutelten Region halbwegs konstant gehalten werden.

Auch ein Verdienst von Chefreporter Wolfgang Angerstein. »Wolli« kannte jeden – und jeder kannte Wolli. 1998 hatte er aufgedeckt, dass der Bundestagskandidat Peter Röbel von den Konservativen in seiner Zeit als Bürgermeister einer benachbarten Kleinstadt Aufträge ausschließlich an einen Bauunternehmer vergab, der dummerweise sein Schwager war. Die Partei musste den Kandidaten Röbel kurz vor der Wahl zurückziehen. Auf einmal interessierten sich sogar der Hessische Rundfunk und ein linkes ARD-Magazin für Wollis Recherchen.

Lebenswichtig für einen Lokalreporter ist ein guter Draht zur Polizei. Wolli liebte Anglizismen und nannte das immer ein *game of give and take*. Wenn die Polizei wollte, dass die »OLZ« nach einem Tankstellenüberfall ein Fahndungsfoto an prominenter Stelle veröffentlichte, räumte Wolli kurzerhand die Seite eins dafür frei. Dafür erhielt er im Gegenzug Informationen, die in keiner Pressemeldung standen – und die die Beamten schon gar nicht an die Blattmacher-Konkurrenz aus Kassel weitergaben.

Kriminalkommissar Daniel Rohde hatte noch einen besseren Draht zu Wolli. Der Journalist hatte Ende der achtziger Jahre eine kurze, aber leidenschaftliche Affäre mit Daniels älterer Schwester Monika. Die Affäre nahm einen unschönen Ausgang, seitdem wollte Moni mit Wolli nichts mehr zu tun haben – zwischen den beiden Männern hatte sich aber eine Freundschaft entwickelt, die bis heute Bestand hatte.

Nur deswegen traute sich Daniel auch, Wolli noch vor der Redaktionskonferenz um neun Uhr anzurufen. Eigentlich eine heilige Zeit des Journalisten, die er am liebsten ungestört mit der »OLZ« des Tages und einer Tasse Kaffee an seinem Schreibtisch verbrachte. Nachdem Wolli Daniels Handynummer im Display sah, nahm er trotzdem ab.

»Keule, was rufst'n du mich an? Ich denke, du aalst dich mit gebräunden Schönheiden in der Sonne?« Der Osthesse liebt weiche Konsonanten, Wolli war Osthesse durch und durch.

Lachen am anderen Ende der Leitung. »Schönheiten? Die gibt's hier nur im Prospekt. Ich müsste das nächste Mal den Urlaub gesponsert kriegen, als offizieller Senker des Altersdurchschnitts. Aber lass uns nächste Woche mal treffen und quatschen, wenn ich wieder da bin. Ich brauche heute etwas anderes von dir …«

Daniel hatte in der vergangenen Nacht kaum geschlafen. Das falsch datierte Foto hatte ihn zu sehr beschäftigt. Und die Frage, was Rayk auf dem Vordach wollte. Letzteres musste er hier vor Ort klären, für die seltsame Überschreibungsgeschichte benötigte er Hilfe aus Deutschland.

Deswegen skizzierte Daniel seinem Journalistenfreund kurz, was auf der Kanareninsel vorgefallen war. Er musste Wolli dafür auch von Lothar Hankes Tod erzählen, aber das Verhältnis der beiden war so vertrauensvoll, dass der Polizist sicher sein konnte, dass der Publizist schwieg. Wolli sollte über die Tarango-Zentrale herausfinden, auf welchen Zeitpunkt die Übergabe von Roland auf seinen Sohn dort datiert war. Sollte das erst im Jahr 2001 geschehen sein, wäre der uralte Vertrag verletzt worden, und der erste Tarango auf Fuerteventura befände sich rechtmäßig seit über einem Jahrzehnt im Besitz des spanischen Staats.

Wolli schnaufte schwer, nachdem Daniel ihm seinen Auftrag erklärt hatte. »Das wird nicht leicht. Warum sollten die mir darüber Auskunft geben?«

Daniel hatte eine solche Reaktion befürchtet. Und sich deswegen einen Ansporn für den Lokalreporter bereitgelegt.

»Wenn wir zusammen herausfinden, dass ein deutscher Ferienclub eigentlich schon lange den Spaniern gehören müsste, dann kommst du mit der Geschichte groß raus. Du könntest doch mal wieder eine bundesweite Enthüllung gebrauchen, Wolli. Die Röbel-Nummer ist ja schon eine Weile her …«

Am deutschen Ende der Leitung knurrte es. »Du Hund. Du weißt, wie man mich packt. Also gut, ich schaue, was sich machen lässt. Wann brauchst du die Ergebnisse?«

»Am liebsten vorgestern«, sagte Daniel und legte auf.

***

Die meisten Deutschen, die für eine längere Zeit im Ausland gelebt haben, vermissen dunkles Brot. In nahezu allen Teilen der Welt wird Brot nur aus Wasser und Weizen gebacken, Roggen oder gar Vollkorn sind unbekannt.

Da die Gäste der Tarango-Clubs auf Fuerteventura zu nahezu hundert Prozent aus Deutschland kamen, hatte sich der Club auf diese Vorliebe eingestellt. An einer extra eingerichteten Station am Buffet lagen jeden Morgen zum Frühstück Brotlaibe, die so köstlich waren, dass sie selbst in Deutschland zu den herrlichsten ihrer Art gezählt hätten. Walnuss, Kürbiskern, Dinkel, Sauerteig – auf keine Backdelikatesse aus ihrer Heimat mussten die Tarango-Gäste verzichten.

Schon zu Beginn seines Urlaubs hatte Daniel sich gefragt, welcher spanische Bäcker in der Lage war, eine solche Vielfalt herzustellen. Beim Clubrundgang hatte er dann gelernt, dass tatsächlich alle Brote in der hauseigenen Bäckerei selbst hergestellt wurden und dass dafür extra drei Bäcker aus Deutschland auf der Insel arbeiteten.

Heute allerdings fanden die duftenden Backwaren keine ausreichende Würdigung des Ermittlers. Zu sehr war Daniel in Gedanken. Lustlos schlang er zwei Käseschnittchen herunter und begab sich anschließend auf direktem Weg zu seinem Balkon. Dort konnte er in Ruhe nachdenken, ohne von irgendwelchen Animateuren zur nächsten Albernheit gedrängt zu werden.

Es mochte ja sein, dass bei der Übergabe vom Vater zum Sohn irgendetwas schiefgelaufen war. Aber was sollte das mit Lothars Tod zu tun haben? Und was wollte Rayk auf dem Vordach?

Vielleicht war es so: Der Dekorateur hatte Lothar über die Brüstung gestoßen. Dabei hatte sich das Opfer an Rayk festgekrallt. Irgendein Gegenstand, den man dem Mörder zuordnen konnte, war mit Lothar in die Tiefe gesegelt. Rayk hatte das erst nach ein paar Tagen festgestellt und wollte diesen Gegenstand jetzt vom Dach holen. Das klang doch eigentlich ganz plausibel. Daniel beschloss, zunächst dieser Spur nachzugehen. Dazu allerdings benötigte er die Hilfe vom Clubchef.

Es war sein erstes Zusammentreffen mit Claus, seitdem er von den eventuellen Unregelmäßigkeiten bei der Clubübergabe um die Jahrtausendwende erfahren hatte. Daniel beschloss, erst einmal Wollis Recherchen abzuwarten, bevor er den Herrn des Hauses mit seinem Verdacht konfrontierte. Bei Verhören war es immer gut, einen Trumpf in der Hinterhand zu haben – und noch besser war es, ein Verhör erst gar nicht wie eines wirken zu lassen. Aber darüber wollte er sich später erst Gedanken machen.

Als Daniel das Clubchefbüro betrat, saß Claus mit Netti über irgendetwas, das aussah wie Bilanzen. Er hakte mit einem Stift einzelne Positionen ab und schwitzte dabei wie immer heftig. Daniel hatte schon Sorge, dass einzelne Schweißperlen auf das Dokument tropfen würden.

Vielleicht würde das mit der Transpiration besser, wenn Netti weniger Pur hören würde, dachte Daniel. Eben lief »Geweint vor Glück«, was Daniel noch weniger leiden konnte als den Rest der Lieder dieser selbst ernannten Weltverbesserer.

Claus schaute auf und ließ sich nicht anmerken, dass der Kommissar ihn in einer Phase der Konzentration gestört hatte.

»Daniel, komm rein. Netti, hol unserem Sherlock doch mal

einen Kaffee. Wir haben ja länger nicht gesprochen, was gibt es Neues?«

Daniel setzte sich vor den Schreibtisch des Chefs, Netti schwebte mit duftendem Koffein herein. »Wenn ich mal einen Posten mit eigener Sekretärin habe, dann werbe ich sie ab«, kniepte Daniel dem Clubchef verschwörerisch zu.

Claus grinste. »Nix da. Ohne Netti bin ich aufgeschmissen. Die Frau ist wichtiger für den Laden hier als ich selbst. Nur über ihren Musikgeschmack müssen wir noch mal in Ruhe reden.«

Netti boxte ihrem Vorgesetzten freundschaftlich gegen den Oberarm.

»Aber genug gelobt. Erzähl von deinen Ermittlungen.«

Daniel schilderte, was er in der vergangenen Nacht auf dem Vordach beobachtet hatte. Auch seinen Verdacht, weswegen Rayk zu Lothars Aufprallort geklettert war, ließ er nicht aus.

Claus und Netti nickten.

Die Sekretärin ergriff das Wort. »Ich kann mir zwar nicht vorstellen, dass Rayk so was tut, aber dass er nachts auf dem Dach rumturnt, ist schon ziemlich verdächtig. Was willst du denn jetzt machen, Daniel?«

Der Angesprochene wandte sich an Claus. »Ich habe mich für die Schockmethode entschieden. In welchem Zustand habt ihr Lothar ins Kühlhaus gebracht?«

Claus verstand nicht. »In einem … toten Zustand?«

Daniel schüttelte den Kopf, verärgert darüber, dass er die Frage zu unpräzise gestellt hatte. »Ich meine, habt ihr Lothar vorher ausgezogen – oder friert er da in Klamotten vor sich hin?«

Claus begriff zwar nicht, worauf Daniel hinauswollte, gab aber bereitwillig Auskunft. »Nein, wir haben ihn angezogen ins Kühlhaus gebracht. Es wäre viel zu auffällig gewesen, ihn auf dem Dach auch noch zu entkleiden. Das musste ja alles sehr schnell gehen. Außerdem hatte er einiges an. Anzughose, Hemd und einen ziemlich auffälligen Zweireiher. Hat sich schick gemacht zum Sterben.«

Daniel ging auf den Jokus des Chefs nicht ein, aber was er da hörte, machte ihn sehr zufrieden. »Perfekt. Diese Klamotten brauche ich. Mein Plan ist der Folgende: Rayk hält mich für den Sohn von Lothar. Wenn er meinen Vater vom Balkon gestoßen haben sollte, dann dürfte er noch ziemlich genau wissen, was sein Opfer in diesem Moment getragen hat. Aus Gesprächen mit Kriminellen weiß ich, dass sich die Umstände der Tat bei den meisten tief ins Gedächtnis einbrennen. Das heißt, wenn er es war und ich in dem Aufzug bei Rayk aufkreuze, in dem mein vermeintlicher Vater gestorben ist, wird euer Dekorateur darauf reagieren. Es sei denn, er ist selbst hochdekoriert, nämlich als Schauspieler, aber das traue ich ihm nicht zu.«

***

Nach drei Tagen im Kühlhaus sieht kein Mensch mehr gut aus. Egal, ob er bei seiner Einlieferung schon tot war oder nicht. Daniel hatte das Laken um den Körper des Leichnams entfernt. Mit dem Rücken lag der Tote auf dem kalten Boden. Der Anblick war erschreckend, Lothars Körper präsentierte sich komplett ergraut. Bei seinen Haaren hatte er das gehasst, in seinem jetzigen Zustand konnte er gegen die Gesamtkörperergrauung aber leider nichts mehr unternehmen.

Daniel hatte in seinem Leben schon ein paar Leichen gesehen. Am unangenehmsten waren solche, die einige Zeit im Wasser gelegen hatten. Seit Lothars Anblick wusste er, dass auf seiner Hitliste der ekligsten Leichen-Darreichung fortan das Kühlhaus auf Platz zwei liegen würde. Normalerweise musste er tote Menschen nicht anfassen. Das war Sache der Obduktion. Diesmal würde er allerdings nicht drum herumkommen. Denn sein Objekt der Begierde, der Zweireiher, befand sich weiterhin am Körper des Toten.

Hilflos schaute der Kommissar Dave an. Der Koch war zum Aufschließen und Beistandleisten mit ins Kühlhaus gekommen. Ein Sack gefrorener Erbsen war auf Lothars kaltes Bein gefallen. Unmöglich, diese Nahrungsmittel irgendwann noch mal Gästen anzubieten.

»Dave, wir versuchen, das Jackett an den Schultern zu greifen und es nach hinten unter seinem Körper wegzuziehen.« Daniel bedeutete dem Koch, an der linken Schulter zuzupacken, er selbst wollte die rechte übernehmen. Der gefrorene Stoff knirschte leicht in den Händen der beiden.

»Wir ziehen bei drei! Nein, warte. Doch nicht. Der Stoff ist in diesem Zustand bestimmt …«, Daniel suchte nach dem richtigen Wort, »porös oder so. Das würde unter seinem Gewicht wahrscheinlich reißen, wenn wir es unter dem Rücken wegziehen. Wir müssen ihn hochheben. Du musst ihn hochheben. Am Kopf. Dann hebt sich der Rücken vom Boden hoch, und nichts geht kaputt.«

Dave zog die linke Augenbraue hoch und hielt einen Augenblick inne. »Dit is ja allet rischtisch, Meista«, berlinerte er heftig. Wahrscheinlich aufgrund der angespannten Situation. »Aba wieso soll icke det sein, der den am Kopp anpackt?«

Daniel glotzte den Koch an. »Einer muss.« Schwaches Argument. Hatte Daniel selbst gemerkt. Deswegen schob er nach: »Ich bin immerhin noch Gast.«

Dave stöhnte und schien bereit, nachzugeben. Er kniete sich neben den tiefgefrorenen Immobilienmagnaten und guckte Daniel vorwurfsvoll an. »Also, ick hebe, du ziehst.« Dave fuhr mit den Händen unter den eisigen Hinterkopf. Die gefrorenen Haare knackten leise. Dave fluchte leise. Mit einem Ruck riss er den Kopf nach oben. Diesmal knackte es lauter.

»Du musst vorsichtig sein. Du brichst ihm noch das Genick, und dann ist er tot.« Daniel hatte entschieden, dass die Situation mit Humor besser zu bewältigen war. Vorsichtig zog der Polizist das Jackett unter dem sich hebenden Rücken hervor. Nach wenigen Sekunden hielt er das steif gefrorene Kleidungsstück unversehrt in den Händen.

Dave legte den Kopf wieder ab und grinste die Leiche an. »Daniel, frieren Ohrläppchen eigentlich ein?« Daumen und Zeigefinger des Kochs näherten sich der weichen Stelle am unteren Ende von Lothars Hörorgan.

»Hör auf. Wir gehen.« Daniel wollte nicht mit ansehen, wie der Koch einen schockgefrosteten Körper erkundete.

Zu spät. »Boah, fühl mal, voll hart.« Daves Erkundungstrieb war geweckt. »Jetzt die Nase.«

Daniel zog den knienden Koch von Lothar weg. »Hör auf, du Spielkind. Das macht man nicht.«

Dave ließ sich von Daniel Richtung Ausgang ziehen. »So verarbeite ich die schreckliche Situation, Daniel«, rechtfertigte er sich.

»Verarbeite du mal ordentliches Fleisch für deine Gäste heute Abend. Und wasch dir vorher die Pfoten«, herrschte der Polizist Dave an.

Während der Koch das Kühlhaus abschloss, betrachtete Daniel den karierten Zweireiher. Sein Auftritt darin würde die nächste Peinlichkeit dieses Urlaubs werden.

***

Nachdem Daniel sein neues Jackett zum Auftauen auf den Balkon gehängt hatte, klingelte sein Telefon. Wollis Hersfelder Festnetznummer. Ob es so schnell schon Informationen aus der Tarango-Zentrale gab?

»Daniel, hier ist Wolli. Ich habe eine gute und eine schlechte Nachricht für dich.«

Gab es eigentlich Menschen, die zuerst die gute hören wollten, um sich danach von der schlechten deprimieren zu lassen? Deswegen blieb Daniel bei der klassischen Reihenfolge und ließ den Journalisten berichten.

»Also, die Tarango-Tante in der Bielefelder Zentrale sagte zuerst, dass solche Auskünfte über Eigentumsverhältnisse nicht gegeben werden. Ich habe dann natürlich die übliche Nummer abgezogen von wegen Behinderung der journalistischen Recherche und so. Es gibt immer zwei Möglichkeiten, wie die Leute darauf reagieren. Entweder sie machen ganz zu – oder sie bekommen ein schlechtes Gewissen und fangen an zu plaudern. Ich hatte Glück, diese Dame wurde auskunftsfreudiger. Und zwar hat der Mutterkonzern wohl die gesamte Tarango-Spitze im Jahr 2004 ausgetauscht. Sie meinte, von den neuen Leuten wisse darüber wohl niemand Bescheid. Da müsste sie erst aufwendig in den Verträgen suchen.«

Daniel wurde ungeduldig. »Und wann kommt jetzt die gute

Nachricht?« Ohne es zu sehen, ahnte er, wie Wolli anfing, breit zu grinsen.

»Nu warte mal ab, junger Heißsporn. Also, der Kollege, der sich damals um die Vertragsangelegenheiten gekümmert hatte, ist wohl schon in Rente. Martin Thomforde. Und jetzt kommt die gute Nachricht, vor mir liegen Festnetz- und Handynummer von Martin Thomforde in Leopoldshöhe. Dort verbringt der Herr seinen Ruhestand. Und gleich wird er von mir nach allen Regeln der Kunst gelöchert.«

Diese Nachricht gefiel Daniel. »Ruhestand kann hilfreich sein. Dann nimmt er vielleicht weniger Rücksicht auf sein Unternehmen und kein Blatt vor den Mund. Super gemacht, Wolli. Ich warte auf deinen Anruf.«

Daniel legte sein Handy beiseite und schaute auf die Uhr. Die nächste Probe zur Gästeshow sollte nach dem Mittagessen starten. Das hieß für ihn: gleich zwei unangenehme Kostümierungen in Folge. Zuerst das Jackett eines Toten, dann der Schlangenschlauch mit Gespött-Garantie.

Die Zeit bis dahin wollte der Ermittler sinnvoll nutzen. Ihm war aufgefallen, dass er über das Opfer bislang viel zu wenig wusste. Er klappte seinen Laptop auf und ließ sich über eine Suchmaschine auf die Seite von Hankes Immobilienimperium führen.

Geschwungene goldene Lettern auf dunkelgrünem Hintergrund sollten beim Besucher von vornherein keine Zweifel aufkommen lassen, dass er hier bei einem ganz exklusiven Laden gelandet war.

Zentral in der Mitte der Startseite stand Lothar Hanke in einem Jackett, das dem ähnelte, mit dem er seinen elfstöckigen Freiflug angetreten hatte. Er lächelte feist und hatte die Arme weit auseinandergestreckt. Oben rechts prangte ein Siegel mit der Aufschrift »Für uns zählt Lage, Lage, Lage«. Am unteren Ende des Bildschirms befand sich ein Laufband. Zufriedene Kunden wurden dort zitiert. Unter anderem eine Dorothea Freifrau zu Waldersdorff mit dem Zweizeiler »Danke sagen muss ich schon, dass ich jetzt meinen Traum bewohn. Hiermit geht mein Danke ans Team von Lothar Hanke«.

Daniel schüttelte amüsiert den Kopf. Rund um den dynamischen Besitzer waren Objekte aufgeführt, in die der Homepagenutzer investieren sollte. Daniel klickte sich interessiert durchs Angebot. Von der Doppelhaushälfte in Lichterfelde bis zur repräsentativen Büroetage Unter den Linden war alles zu haben. Die Preisspanne reichte von zweihundertfünfzigtausend Euro bis zu mehreren Millionen.

In einer selbst inszenierten Lobhudelei ließ Hanke die Internetnutzer wissen, was den Erfolg seines Unternehmens ausmachte. Und zwar der sichere Riecher des Chefs für die bevorzugten Wohnlagen der Stadt. In einem weitschweifigen Text war von schnelllebigen Szenevierteln die Rede, die quasi über Nacht ihren Reiz verlieren könnten. Deswegen solle man in sichere Lagen investieren – und dazu gehörten laut dem Trüffelschwein unter den Berliner Immobilieninvestoren vor allem Grunewald, Dahlem, Wannsee, Wilmersdorf, Schmargendorf und Mitte.

Daniel kannte sich in Berlin nicht besonders gut aus, sein Wissen reichte aber aus, um zu erkennen, dass Hanke mit seinen Hütten offenbar eine eher konservative Klientel ansprach. All das brachte den Kommissar aber nicht weiter. Er klickte zurück auf die Suchmaschine und betrachtete die nächsten Treffer. Der sechste interessierte ihn.

Eine Berliner Boulevardzeitung titelte: *Riesenpleite für Immo-Hai!*. Er rief den Artikel auf und erfuhr, dass Hanke sich bei einem seiner jüngsten Projekte offenbar reichlich verspekuliert hatte. Unter dem Foto eines großen grauen Hauses die Bildunterschrift: *Dieses Hotel wartet seit Monaten auf Gäste. Selbst die Betten sind schon bezogen – aber niemand kommt!*

Jetzt wollte der Ermittler genau wissen, was es damit auf sich hatte, und las den gesamten Artikel.

Lothar Hanke (63), einer der erfolgreichsten Geschäftsmänner in der Hauptstadt. Sein neuestes Projekt: eine Riesenpleite! Zweihundertvierzig Hotelbetten stehen seit Monaten leer. Schuld daran sind die endlosen Verzögerungen am neuen Flughafen BER. Eigentlich sollten hier seit Mai 2012 Geschäftsleute absteigen, Tagungen stattfinden und Reisende auf ihren Flug warten. Stattdessen: Leere! Der Mieter, eine Hotelgruppe: abgesprungen. Experten schätzen, dass Hanke auf Kosten von etwa dreißig Millionen Euro sitzen bleibt. Ist damit sein Imperium in Gefahr?

Daniel starrte gebannt auf den Bildschirm. Was hatte das zu bedeuten? Bei Rayks Wutausbruch war auch davon die Rede gewesen, dass Lothar ihm wegen Geldschwierigkeiten irgendeinen Anteil vorenthielt. Und dreißig Millionen Euro konnte man ein wahrhaftiges Finanzproblem nennen. Sollte Lothar seinem Leben möglicherweise doch ein freiwilliges Ende gesetzt haben, weil er so tief im finanziellen Schlamassel steckte?

Daniel scrollte auf der Seite mit den Suchergebnissen weiter nach unten. Er fand einen neueren Artikel zum Thema, diesmal aus dem seriösen »Tagesspiegel«. Diese Zeitung wusste zu berichten, dass Hanke sogar schon einen Prozess gegen die Hotelgruppe »Intersleep« in erster Instanz verloren hatte. Die Vertragsfüchse von »Intersleep« hatten die Probleme beim Flughafenneubau wohl gewittert und in einer Klausel festgehalten, dass der Pachtvertrag erst mit Beginn des Flugbetriebs in Kraft tritt. Fünfzehn Prozent der Investitionssumme hatte »Intersleep« zwar als Sicherheit an Hanke gezahlt, aber angesichts der massiven Probleme am neuen Flughafen erschien es der Hotelgruppe wohl günstiger, auf ein paar Millionen zu verzichten und den Vertrag zu annullieren. Hankes Klage dagegen war vor wenigen Wochen vom zuständigen Gericht abgewiesen worden.

Daniel starrte nachdenklich vor sich hin. Er hatte zwar keine Vorstellung davon, wie viel Geld ein Typ wie Lothar Hanke für solche Fälle als Rücklage parat hatte, vermutete aber, dass der Tote in massiven finanziellen Nöten gesteckt haben musste. Wenn er nicht mal die zwanzigtausend Euro aufbringen konnte, die er Rayk für irgendeine Dienstleistung schuldete.

Daniel klappte den Laptop zu und lehnte sich in seinem Sessel zurück. Er schloss die Augen und ließ die Gedanken durch seinen Kopf jagen. Drei Dinge waren hier faul: das Foto von Roland und Claus, der Dekorateur auf dem Flachdach und Lothars Geldprobleme in der Heimat. Was davon hatte mit Hankes Tod zu tun? Ein Selbstmord wegen der drohenden Pleite lag nah. Andererseits: Hatte sich Lothar nicht gerade erst entschieden, seinen Lebensabend mit Gitta zu verbringen? Nach ihren Angaben hatte die Verlobung vor wenigen Tagen auf einer Klippe stattgefunden. Und wer startet so eine verkitschte Aktion, wenn er sich einen Tag später vom Balkon stürzt? Das passte irgendwie nicht zusammen.

Dann Rayk auf dem Dach. Falls er dort tatsächlich etwas gesucht haben sollte, warum tat er das erst zwei Tage nach dem tödlichen Sturz? Was für ein Gegenstand konnte das gewesen sein, dessen Fehlen man erst so viel später bemerkte?

Und als Drittes diese seltsame Überschreibungsgeschichte. Was hatte es zu bedeuten, dass das Bild frühestens im Jahr 2001 aufgenommen worden sein konnte? War hier tatsächlich gemauschelt worden? Um das beurteilen zu können, musste Daniel die Recherchen von Wolli abwarten. Im Augenblick blieb ihm nichts anderes übrig, als sich auf Rayk zu konzentrieren.

Der Ermittler ging auf den Balkon und starrte Lothars Jackett an. Es war aufgetaut, trocken und hässlich. Aber es half nichts, wenn er die Reaktion des Dekorateurs auf das Kleidungsstück, das Hanke zum Todeszeitpunkt getragen hatte, erleben wollte, musste er mit dem scheußlichen Ding bei ihm aufkreuzen. Seufzend nahm Daniel die Joppe vom Bügel, zog sie sich über und machte sich auf den Weg.

8

Die Blamage

Wie verbrachte ein pensionierter Manager eines Reisekonzerns seine Rente? Selbstverständlich reisend. Deswegen hatte Wolli Probleme, Martin Thomforde an die Strippe zu kriegen. In seinem Haus in Leopoldshöhe meldete sich zunächst überhaupt niemand. Auch unter der Handynummer war keiner zu erreichen. Deswegen war Wolli schon glücklich, als am frühen Nachmittag unter der Festnetznummer überhaupt abgehoben wurde.

Es war allerdings nur eine Nachbarin, die sich um Post und Blumen im Haus der Thomfordes kümmerte. Immerhin konnte sie Wolli die Auskunft geben, dass der Besitzer des Anschlusses derzeit mit seiner Frau auf den Malediven weilte und sein Handy zumindest dabeihatte. Leider schien er es aber nicht mit an den Strand genommen zu haben, denn weitere Versuche blieben erfolglos. Außerdem musste Wolli nebenbei ja noch sein normales Tagespensum abarbeiten.

Derzeit beschäftigte ihn die designierte Chefin der Hersfelder Festspiele für das kommende Jahr. In der Stadt hielt sich momentan die Befürchtung, dass unter ihrer Ägide zu verkopfte Stücke zu avantgardistisch auf die Bühne gebracht werden könnten. Schon allein, um gegen den osthessischen Kleingeist anzukämpfen, spendierte Wolli der Grazerin jede Menge Vorschusslorbeeren. Ob ihm die Stücke später selbst gefielen, war ihm dabei egal. Manchmal mochte er es einfach, sich mit den Bewohnern seiner Heimatstadt anzulegen und ein paar Leserbriefe zu provozieren.

***

Daniel kam sich vor wie ein Vollidiot und sah auch genauso aus. Zu seinen groß geblümten Surfshorts trug er Lothars Jackett, das bei genauerem Hinsehen leichte Reminiszenzen an den bayrischen Lodenstil aufwies. Wahrscheinlich wollte der entflammte Berliner Gitta damit gefallen und ihr den Wegzug aus dem geliebten München leichter machen.

Den Kontrast zu Flipflops und Shorts hatte Daniel mit Bedacht gewählt. Das Outfit musste richtig knallen, sonst würde Rayk möglicherweise übersehen, dass sein Kaa-Protagonist die Kleidung des Mordopfers trug.

Auf dem Weg durch die Anlage ertrug der Kommissar heldenhaft die Blicke und Kommentare der anderen Gäste. Möglicherweise hätte man ihn in Köln oder Berlin für einen trendbewussten Freak gehalten, der gerade das Exempel eines neuen Stils statuierte. Zwischen Tommy Hilfiger, Polo Ralph Lauren und Abercrombie fiel die schrille Kombination im Tarango dagegen umso mehr auf.

Die Schar der Gästeschauspieler hatte sich zur Regiebesprechung in einem der Tagungsräume versammelt. Absichtlich kalkulierte Daniel eine kleine Verspätung ein, damit sein Auftritt auch richtig wirkte.

Durch die geschlossene Tür hörte er Rayk schon vor sich hin näseln. Er und Choreografin Litwina erklärten gerade, wie Mogli am Ende des Stücks ein brennendes Stöckchen am Schwanz des Tigers Shir Khan anbringen sollte. Es durfte nur kurz brennen, bevor die Flammen auf das Tigerkostüm übergreifen würden. Deswegen war es sehr, sehr wichtig, dass Shir Khan sofort hinter die Bühne sprang, sobald sein Schweif loderte. Dort würde Maskenbildnerin Marion mit einem gefüllten Krug stehen und das Hinterteil des Tigers löschen.

Die Aufmerksamkeit im Tagungsraum musste genau in diesem Augenblick ihren Höhepunkt erreicht haben, mutmaßte Daniel, atmete tief durch und riss die Tür auf.

Ein gutes Dutzend Augenpaare fixierten ihn – er fixierte ausschließlich Rayks Augenpaar. Denn die ersten Sekunden waren entscheidend. Sollte der Dekorateur Lothar tatsächlich in diesem Outfit in die Tiefe befördert haben, würde er es nicht schaffen, seine Gesichtszüge zu kontrollieren, jedenfalls nicht in den ersten Sekundenbruchteilen. Deswegen hielt Daniel voll auf Rayk. Jedes Detail seines Mienenspiels konnte entscheidend sein.

Hätte man Daniel nach seinem Auftritt gebeten, Rayks Reaktion in Zeitlupe zu beschreiben, hätte er Folgendes zu Protokoll gegeben: »Beim Anblick des Gastes in Shorts und Jackett zogen sich die Augenbrauen des Dekorateurs für eine Millisekunde zusammen. Offenbar ein Ausdruck für einen kurzen Anflug von Ärger, dass er in seiner wichtigen Erklärung unterbrochen wurde, wie der Tigerschwanz sachgerecht zu löschen sei. Das kurze Zusammenziehen der Augenbrauen wurde von einem Lupfen der linken Braue abgelöst, das bedeuten könnte: Na, wenigstens ist es ein attraktiver Mann, der meine Ausführungen unterbricht. Direkt daran schloss sich für die Länge eines Wimpernschlags ein kurzer Scan der Bekleidung des Störenfrieds an. In diesem entscheidenden Moment hob sich zunächst der rechte, dann auch der linke Mundwinkel zu einem Grinsen, gefolgt von einem ungläubigen Kopfschütteln und den Worten: ›Nanu, Justus, wie siehst'n du aus?‹ Schlussfolgernd lässt sich festhalten, dass der Verdächtige zu keinem Zeitpunkt überrascht, überrumpelt oder gar schockiert wirkte. Es muss daher mit großer Sicherheit davon ausgegangen werden, dass er mit dem Tod des Lothar H. nichts zu tun hat.«

So weit also Daniels genialer Plan, Rayk per Jackettschock zu überführen. Der Polizist musste wohl damit gerechnet haben, dass der Dekorateur den Raum im Angesicht der Totenrobe Edvard-Munch-artig schreiend verlassen oder zumindest heulend zusammenbrechen würde.

Auf die Frage »Nanu, Justus, wie siehst'n du aus?« hatte er sich jedenfalls keine adäquate Replik einfallen lassen. Deswegen stand er steif in Shorts und Jackett vor der versammelten Mannschaft und murmelte verlegen: »Mir war ... kalt ...«

Einer der großmäuligen Laienschauspieler rief: »Dann aber schnell in dein schönes, warmes Schlangenkostüm, Justus!«

Der Saal wieherte, der Kommissar kam sich ungeheuer blöde vor.

Wenigstens Mogli-Darsteller und Polizisten-Bewunderer Benny schaute ihn mit einem Gesichtsausdruck an, der im späteren Blick-Interpretations-Protokoll mit folgender Schlussfolgerung festgehalten worden wäre: »Mann, du warst zwar gerade wirklich peinlich. Aber mit dir und Blaulicht einmal durch Bad Hersfeld zu rasen, bleibt ein großer Traum von mir.«

***

Die »Dschungelbuch«-Probe war von vorn bis hinten eine Katastrophe. Daniel hatte wegen seiner Recherchen vergessen, den Songtext für seinen Auftritt auswendig zu lernen. Eigentlich waren es nur fünf kurze Zeilen, in denen sich die Aufforderung »Vertraue mir« ständig wiederholte, aber er hatte einfach gar nichts drauf.

Also dudelte das Stück vor sich hin, der Kommissar wand sich albern in seiner Reptilienröhre hin und her und bewegte völlig unkoordiniert zu dem ohnehin melodiearmen Lied seine Lippen. Es setzte daraufhin einen slowakisch gefärbten Rüffel von Litwina.

Bei den anderen Teilnehmern der Gästeshow saß jede Zeile. Gesprochen wurde bei dem Stück kaum. Die Tarango-Verantwortlichen hatten offenbar aus der Vergangenheit gelernt und ließen die Gäste weniger sprechen und mehr singen. Playback selbstverständlich.

Da Daniel kostümbedingt ja auf der Bühne liegen blieb, musste er sich das ganze Ausmaß der Selbstdarstellung erwachsener Menschen antun. Die meisten Sprechparts hatte noch Benny. Er machte die Sache wirklich gut und wahrte dank seines Alters auch im Baströckchen seine Würde. Alle außer Daniel waren toll, deswegen wurde die Übung beendet und zur Generalprobe vor dem Abendessen eingeladen.

Nachdem Rayk und der Gast, der Bagheera spielte, den Ermittler aus der Nattern-Enge befreit hatten, wollte Daniel nach so viel Stress, Ärger und Recherche noch ein paar Stunden in der Sonne verbringen. Er wurde von der Choreografin allerdings aufgehalten. Zunächst befürchtete er, sie wolle ihn sich wegen der verpatzten Probe noch mal zur Brust nehmen, aber ihr Begehr war ein anderes.

»Juustus, channst du mal kurz mit mir rädän? Ich chabe Frage wägän Rayk.«

Was konnte sie nur wollen? Daniel setzte sich neben sie auf die Stufen, die, mit Sitzkissen versehen, im Tarango-Theater die Bestuhlung darstellten.

»Rayk chat mir erzällt, bist du Sohn von Lothar Chanke.«

Daniel nickte. Neben Kaa die zweite Rolle, die er in diesem Theater gab.

»Geht es Rayk schlääächt. Chat er so gechofft auf das Geld von deine Vater. Ist Rayk schon so lan-ge chier, muss drin-gend andere Sache machen, sonst Däprässionn!«

Daniel ahnte, worauf das Gespräch hinauslaufen sollte.

»Chat mir Rayk gesagt, dein Vater chat versprochen zwanzigtausend E-uro und jetzt nicht will zahlen. Gibt es keine Möcklichkeit?«

Daniel war froh, dass er sich am Vormittag in Lothars Finanzsituation eingelesen hatte. Deswegen konnte er halbwegs kompetent die Rolle des Sohns weiterspielen.

»Mein Vater hat zurzeit sehr große Probleme. Er hat ein Hotel am neuen Flughafen von Berlin gebaut, das seit Jahren nicht eröffnen kann. Rund dreißig Millionen Euro hat er investiert und bisher noch keinen Cent Miete dafür bekommen.«

Litwina riss angesichts der Summe entsetzt die Augen auf.

»Ich kenne mich mit den Geschäften meines Vaters nicht so gut aus, aber ich fürchte, er steht kurz vor der Pleite. Allerdings weiß ich auch immer noch nicht, weswegen er Rayk die zwanzigtausend Euro zahlen wollte. Kannst du mir das sagen?«

Litwina wand sich ein wenig und schaute sich in dem leeren Theater um. Sie rückte näher an Daniel heran und flüsterte: »Chat Rayk verbotten, dass ich sage. Chätte Rayk aber auch verbotten, dass ich mit dir spräche iberchaupt. Däswägän jetzt Wahrcheit.«

Die Slowakin erzählte dem Osthessen, was sie kürzlich erst von Rayk erfahren hatte. Dass die vielen kreativen Alibis von Lothar fürstlich vergütet werden sollten. Litwina sprach zwar immer nur von »drei Frauen«, aber Daniel konnte sich schon vorstellen, dass es sich dabei um Bonnie, Gitta und Regine handeln musste. Er hatte im Lauf seiner Polizeikarriere ja schon viele Geschichten gehört, aber dass Lothar Rayk dafür Geld schuldete, hätte er nicht erraten.

Andererseits: Rayk hatte sich für den alten Stelzbock einiges an Mühe gegeben und war um Geld geprellt worden, das ihm aus Daniels Sicht dafür wirklich zustand. Daraus ein Mordmotiv zu konstruieren wäre weiterhin möglich. Aber wieso hatte sich Rayk dann über die Leichenlode kein bisschen erschrocken? Und was hat er auf dem Dach gemacht?

Daniel beschloss, Litwinas Vertrauen zu honorieren. Vielleicht konnte sie Licht ins Dunkel bringen.

»Litwina, es tut mir sehr leid wegen des Geldes. Ich werde zu Hause in Berlin mit meinem Vater noch mal ein ernstes Wort sprechen und schauen, ob ich etwas für Rayk tun kann.«

Die Slowakin quittierte seine Worte mit einem dankbaren Hundeblick.

Er war aber noch nicht fertig. »Es gibt nur eine Sache, über die ich rätsle. Und zwar habe ich Rayk gestern Nacht gesehen, wie er auf das Vordach vor dem Haupthaus geklettert ist. Hat er irgendein Geheimnis? Kann das vielleicht mit dem Geld meines Vaters zu tun haben?«

Noch während Daniel die Fragen stellte, raffte Litwina ihre Probe-Utensilien hektisch zusammen. Unsortiert warf sie Blätter, Songtexte und Regieanweisungen in einen großen Weidenkorb. Diesen klemmte sie sich resolut unter den Arm, sprang auf und ließ Daniel mit den Worten sitzen: »Dach? Ich weiß nichts von Dach. Chast du bestimmt gesähen andere Mann, Rayk nix auf Dach. Bis cheute Abend.«

Bis eben hatten die Indizien eher für Rayks Unschuld gesprochen. Das änderte sich nach der überaus hektischen Verabschiedung seiner engsten Kollegin allerdings schlagartig.

***

Wolli saß in der Redaktion der »OLZ« und grinste. Er amüsierte sich über das Mysterium, dass ein deutsches Telefonklingeln für den Anrufer immer nach »Tuuuut-Tuuuut« klang, während es im Ausland eher »Brrrrp-Brrrrp« machte.

Genau dieses Wartegeräusch gab Martin Thomfordes Handy ein ums andere Mal von sich. Noch immer hatte niemand abgehoben. Wolli nahm sich vor, noch einmal anzurufen, bevor er mit seiner fotografierenden Kollegin zum nächsten Pressetermin aufbrach. In Niederaula war der Rohbau eines Supermarkts fertiggestellt worden. Nach dem sechsten »Brrrrp-Brrrrp« meldete sich Thomforde tatsächlich. Wolli war mit einem Mal richtig aufgeregt.

»Herr Thomforde, guten Tag, mein Name ist Wolfgang Angerstein von der ›Osthessischen Landeszeitung‹ in Bad Hersfeld. Verzeihen Sie bitte, dass ich Sie im Urlaub störe. Ich habe Ihre Nummer von der Tarango-Zentrale, und Ihre Nachbarin war so freundlich, mir zu sagen, dass Sie auf den Malediven sind.«

Der ehemalige Reisemanager lachte. »Keine Sorge, Herr Angerstein. In einer halben Stunde geht es hier zum Abendessen. Meine Frau ist im Bad, und das dauert eh immer etwas länger.«

Wolli schickte ein jovial glucksendes Lachen Richtung Indischer Ozean. »Kenne ich, kenne ich! Solang sich das Ergebnis sehen lassen kann … Weswegen ich Sie kontaktiere, Herr Thomforde, wir planen zum vierzigjährigen Bestehen der Tarango-Kette ein kleines Special in unserem Reiseteil.«

»Löblich, löblich.«

»Wir wollen natürlich auch ein wenig beschreiben, wie es hinter den Kulissen aussieht. Und wollen uns dabei auf den Ur-Club auf Fuerteventura konzentrieren.«

»Und jetzt wollen Sie eine Reise von mir spendiert bekommen?«, mutmaßte der Reisesenior.

»Nein, keine Angst, das hätte ich schon mit Ihrer Pressestelle geklärt. Mit geht es um etwas anderes. Und zwar ist der Club ja einer der wenigen in Privatbesitz. Wir wollen einfach ein bisschen skizzieren, wie es Ihrem Unternehmen in den vergangenen Jahren immer wieder gelungen ist, auf der Höhe der Zeit zu bleiben.« Ein bisschen Honig um den Mund eines Informanten hatte noch nie geschadet. »Und da geht es ja auch um einen Generationswechsel. Ich habe gelesen, dass der Seniorchef den Laden, warten Sie …«, theatralisches Rascheln, »1999 an seinen Sohn übergeben hat. Wissen Sie noch, wie dieser Generationswechsel ablief?«

Thomforde stieß am anderen Ende der Leitung die Luft

aus. »Daran kann ich mich sogar noch sehr gut erinnern. Weil Fuerteventura für uns schon immer ein ganz besonderer Club war. Es gab damals Probleme. Ende der neunziger Jahre waren die Buchungszahlen rückläufig. Es gab einen großen Renovierungsstau. Roland Grützmacher, der Senior, weigerte sich, die Zimmer mit Fernsehern und Klimaanlage auszustatten. Sein Motto war: Dic Party findet im Club statt. Die Leute sollten nicht fernsehen oder auf dem Zimmer hängen, sondern Sport treiben und die Nacht durchtanzen.

Ja, so war der Roland. Eigentlich ein ganz konservativer Knochen, aber er verstand es, die Leute zu animieren. Wir mussten damals die Preise leicht senken, weil der Laden nicht mehr völlig zeitgemäß war. Das müssen Sie aber nicht schreiben, klar?«

Wolli säuselte beruhigend in den Hörer: »Ich schicke Ihnen einen Vorabdruck, und Sie geben nur die Passagen frei, die Ihnen zusagen.« Er konnte einiges versprechen, denn einen Artikel würde es nie geben.

»Das ist gut, Herr Angerstein. Na ja, jedenfalls wurde durch die günstigeren Preise dann auch ein etwas anderes Publikum angezogen. Etwas einfacher, verstehen Sie? Das fanden die Tarango-Stammgäste wiederum nicht gut und blieben zum Teil auch weg. Erst als sein Sohn Claus dann schließlich übernommen hatte, kam der Laden wieder in die Spur. Es wurde renoviert, die Preise erhöht, und man war wieder unter sich.«

Das war ja alles sehr interessant, aber im Grunde ging es Wolli allein um die Frage, in welchem Jahr die Stabübergabe stattgefunden hatte. »Und das war dann alles 1999? Ich möchte das nur korrekt schreiben …«

Der Journalist hörte, wie sich Thomforde am anderen Ende der Leitung eine Zigarette anzündete. Eine kleine Pause entstand, und erst als der Rauch ausgepustet worden war, antwortete der pensionierte Reisemanager: »Nee, das muss später gewesen sein. Warten Sie mal. 2001 waren die Anschläge in New York. Die hatten ja die ganze Branche gebeutelt. Und erst danach ging es mit Fuerteventura wieder aufwärts. Ich muss jetzt mal kurz überlegen.«

Wolli schwieg. In dieser entscheidenden Phase des Gesprächs wollte er keine unnötige Hektik aufkommen lassen.

»Genau, jetzt kommt es mir langsam wieder. Wir haben 1999 auf ein neues Design umgestellt. Was die Palme im Logo angeht. In diesem Jahr wollte Roland an seinen Sohn übergeben. Das haben wir aber ausgebremst. Die Zentrale hatte zur Bedingung gemacht, dass der Senior erst die nötigen Renovierungen durchführen musste, bevor er an Claus übergeben durfte. Wir hatten damals befürchtet, dass Roland sein Privatvermögen aus dem Club herausziehen und Claus allein dastehen lassen könnte. Genau. So war das. Der hatte ziemlich getobt damals, der Roland. Es ginge ihm gesundheitlich schlecht und er wolle die Übergabe so schnell wie möglich. Aber wir sind hart geblieben. Deswegen hat das Ganze dann erst zwei Jahre später stattgefunden, muss also 2001 gewesen sein. Aber so genau wollen Sie das für Ihren Artikel bestimmt gar nicht wissen.«

»Nein, das stimmt, so ausführlich brauche ich das gar nicht«, log Wolli. »Eine Sache würde mich noch interessieren …«, setzte der Reporter nach, wurde von Thomforde aber unterbrochen.

»Wir müssen aber bald fertig werden. Meine Frau meckert immer, wenn ich geschäftlich telefoniere. Sie sagt, ich soll mich auf meinen Ruhestand konzentrieren. Und der Akku an meinem Handy ist gleich leer.«

Wolli beeilte sich. »Kennen Sie eigentlich den Vertrag, der damals Anfang der Siebziger den Verkauf des Grundstücks geregelt hat?«

Thomforde verneinte. »Dieser Vertrag war uns auch egal. Roland hatte Kontakt zu uns aufgenommen, während die Anlage gebaut wurde. Damals wurde in der Bielefelder Zentrale gerade zum ersten Mal über so was wie Cluburlaub nachgedacht. Tolles Essen, viel Sport, ungezwungene Atmosphäre, diese Kombination war neu. Wir entschieden uns damals, in Rolands Anlage den ersten Tarango zu eröffnen. Es war sozusagen eine Win-win-Situation. Bielefeld kümmerte sich um die Vermarktung, Roland managte den Laden vor Ort. Wir hatten unsere eigenen Verträge mit ihm, da war für uns der

Kaufvertrag für das Grundstück unerheblich. Eine Sache ist allerdings interessant, erst vor drei Wochen hatte ein Kol…«

Brrrrp-Brrrrp. Die Leitung war zusammengebrochen. Oder Thomfordes Handyakku leer. Oder seine Frau im Bad fertig.

Wolli starrte den Hörer an, als könne er etwas dafür, und murmelte: »Verdammter Mist. Was wollte er mir noch sagen?«

Er legte den Hörer auf und tröstete sich. Immerhin hatte Thomforde bestätigt, dass die Übergabe erst 2001 stattgefunden hatte. Und das war es doch, was Daniel wissen wollte. Jetzt noch mal auf den Malediven anzurufen hatte bei leerem Akku keinen Sinn. Außerdem wartete acht Kilometer fuldaaufwärts ein hochinteressanter Discounter-Rohbau auf ihn. Und bevor er durch seine Recherchen dem spanischen Staat einen Ferienclub schenken konnte, mussten erst mal die Belanglosigkeiten des osthessischen Alltagsjournalismus bewältigt werden.

***

Eigentlich wollte sich Daniel erst wieder mit einer Erfolgsmeldung bei Claus und Netti blicken lassen. Aber nach Litwinas überstürztem Abgang war das flache Dach vor Nettis Fenster wieder ins Zentrum seiner Ermittlungen gerückt. Ohne die offizielle Erlaubnis des Clubchefs oder seiner Sekretärin wollte sich Daniel allerdings nicht an die Besteigung machen. Außerdem konnte er in diesem Zusammenhang von Lothars Geldproblemen erzählen.

Als der Ermittler das Chefbüro betrat, telefonierte Claus auf Spanisch. Überall Schweiß. Für einen Deutschen klang die Sprache immer hektisch – wenn Claus nicht zwischendurch gelacht hätte, wäre Daniel von einem unangenehmen Gespräch ausgegangen.

Der Clubchef signalisierte ihm, in Nettis Zimmer durchzugehen. Die Sekretärin zog gerade einen Ordner aus dem Regal, als Daniel eintrat.

»Lange nicht gesehen, Herr Polizist. Setz dich. Gibt es Neuigkeiten?«

Daniel zuckte mit den Schultern. »Nichts Durchschlagendes. Ich bin vorhin bei der Gästeshow-Probe in Lothars Jackett aufgetaucht. Vor der versammelten Mannschaft von Möchtegernschauspielern habe ich damit ausgesehen wie ein Volltrottel. Und Rayk hat *null* reagiert. Ich fresse einen Besen, wenn er Lothar in diesem Ding vom Balkon gestoßen hat. So ein Pokerface traue ich eurem Dekorateur nicht zu. Allerdings stimmt irgendwas mit dem Dach nicht. Ich habe Litwina gefragt, was ihr Kollege dort zu suchen gehabt haben kann. Beim Stichwort Dach ist sie schlagartig unruhig geworden und abgedampft. Deswegen will ich da jetzt gucken gehen.«

Genau in diesem Augenblick kam Claus rein.

»Wo willste gucken gehen, alter Schnüffler?«, scherzte er freundschaftlich.

Netti erklärte ihrem Chef Daniels Vorhaben. Von ihrem Büro aus war es am einfachsten. Nur schnell das Fenster auf, über den Sims klettern und aufs Vordach treten. Wie vor vier Tagen, als Lothar vom Himmel kam.

Claus öffnete das Fenster und machte eine einladende Bewegung nach draußen. »Bitte schön, der Herr, ich spendiere Ihnen eine kostenlose Wanderung über unser formschönes Flachdach. Bringen Sie meiner reizenden Sekretärin und mir doch ein hübsches Souvenir mit.«

Daniel grinste und kletterte ins Freie. Dummerweise hatte er nächtens nicht beobachten können, wo Rayk genau hingepirscht war. Die kleinen Kieselsteine, mit denen das Dach bedeckt war, halfen ihm allerdings weiter. Von Lothars Aufprall und dem anschließenden Abtransport waren keine Spuren mehr zu sehen. Dave oder Claus hatten sie nach der Aktion offenbar beseitigt.

Ziemlich genau konnte Daniel stattdessen Rayks Spur ausmachen. Von der Leiter aus führten regelmäßig heruntergedrückte Kieselsteine in Richtung des Haupthauses. Daniel näherte sich dieser Spur und folgte ihr. Die Schritte endeten vor einem Balkon im ersten Geschoss des Gästetrakts, der etwa einen Meter über dem flachen Dach schwebte. Sollte Rayk etwa gefensterlt beziehungsweise balkonerlt haben?

Daniel sprang kurz in die Höhe, um über die Brüstung des

Freisitzes blicken zu können. Über den Balkonstuhl hatte ein Gast ein Bikini-Oberteil gehängt. Daniel kombinierte: Bikini-Oberteil bedeutete Frau. Rayk war schwul. Fensterln also eher unwahrscheinlich. Er musste kurz grinsen und kam sich recht gewitzt vor. Deswegen beugte er sich unter den Balkon und setzte dort seine Suche fort.

Mit der Handaußenfläche schob er die Kiesel beiseite. Plötzlich stieß er auf einen Gegenstand, der zwischen den Steinchen weiß schimmerte. Ein umgedrehter Teller aus dem Essenssaal. Er hob ihn an. Darunter befanden sich sechs zusammengefaltete Papierbriefchen. »Szenetypisches Päckchen« wurde so etwas im Polizeijargon genannt. Er faltete eines der Briefchen auf, befeuchtete seinen kleinen Finger und führte eine kleine Menge des weißen Pulvers zur Zunge. Keine Frage, Rayk hatte hier ein kleines Kokain-Depot angelegt.

Daniel dachte kurz nach. Mitnehmen? Claus melden? Eine innere Stimme sagte ihm, dass es perspektivisch besser sein könnte, dieses kleine Geheimnis zunächst für sich zu behalten. Er legte die Drogen wieder unter den Teller, schaufelte Kieselsteine darüber und machte sich mit unschuldigem Gesicht auf den Rückweg zu Nettis Fenster.

***

»Nichts gefunden«, resümierte Daniel und zuckte leichthin mit den Schultern, als er – wieder im Büro – Claus und Netti gegenübersaß. »Keine Ahnung, was Rayk auf dem Dach wollte und weswegen Litwina so seltsam reagiert hat. Aber schieben wir diesen Gedanken mal beiseite. Ich habe inzwischen noch eine andere Information, die von Bedeutung sein könnte.«

Der Polizist erzählte dem Clubchef und seiner Sekretärin von seinen Erkenntnissen über Lothars Finanzsituation. Gebannt hörten die beiden zu. Als Daniel von den dreißig Millionen erzählte, verzog Claus unheilvoll die Mundwinkel.

Nach Daniels Schilderungen ergriff er das Wort.

»Also, wenn ihr mich fragt, ist das wirklich eine heftige Summe. Ich weiß natürlich nicht, wie es mit Rücklagen in

Hankes Firma aussieht. Aber als Hotelier kann ich euch sagen, so was ist immer auf Kante genäht. Lothar wäre nicht der Erste, dem ein Geschäft in dieser Größenordnung das Genick gebrochen hätte … Oh, verzeiht, in seinem Fall vielleicht nicht so 'ne gute Formulierung. Aber wenn ich über ihn als Typ nachdenke … Man kann sich Lothar mit Geldsorgen einfach nicht vorstellen. Ich kenne ihn ja schon seit Jahren als Gast. War ja sogar ein Freund meines Vaters. Früher, als die Getränke noch nicht all-inclusive waren, sind die Pesetenscheine nur so über den Bartresen gewandert. Alles Imponiergehabe. In jedem Arm 'ne Frau, in jeder Hand einen Cocktail. Man könnte sich schon vorstellen, dass einer wie er in Armut nicht weiterleben will.«

Claus hielt sich mit einer Schlussfolgerung zurück, aber jedem war klar, was er meinte.

Netti hatte den Zeigefinger auf den Mund gelegt und schaute nachdenklich zu Boden. Als sie ihren Gedankengang abgeschlossen hatte, wandte sie sich zu Daniel.

»Das heißt doch aber, wenn Lothar sich tatsächlich umgebracht haben sollte, müssten wir hier nicht weiter nach einem Mörder suchen, oder?«

Claus sprang seiner Mitarbeiterin bei. »Das sehe ich genauso. Ich meine, das wäre natürlich für uns alle das Beste. Ein Suizid in der Anlage ist zwar auch nicht schön, aber nicht geschäftsgefährdend, wenn ich das mal so brutal sagen darf. Von daher wäre es mir natürlich das Liebste, wenn es sich als ein Selbstmord herausstellen sollte. Ich halte das angesichts der drückenden Schuldenlast für ein sehr wahrscheinliches Szenario. Und ihr?«

Netti nickte mit aufkeimender Erleichterung. Sie hatte am schwersten daran zu knabbern gehabt, dass in ihrem geliebten Tarango ein Mord geschehen sein könnte, das hatte Daniel gleich bemerkt. Also würde ihr die Suizid-Lösung mehr als behagen, das konnte der Ermittler schon verstehen.

Claus wollte den Sack jetzt am liebsten direkt zumachen. »Also, Daniel, wenn wir uns alle auf einen Freitod einigen können, dann wäre deine Aufgabe hier beendet. Was meinst du?«

Was Daniel meinte, entsprach nicht dem, was er antwortete. »Ja, da hast du wohl recht. Wir müssen hier ja nicht zwangsläufig einen Mord konstruieren, wenn es mit hoher Wahrscheinlichkeit gar keiner war. Mir ist zwar etwas unwohl, weil der Fall nicht abschließend geklärt ist, aber solche Momente gibt es in der Polizeiarbeit einfach mal. Dann kann ich meinen Urlaub ja noch ein paar Tage genießen.«

Aber erst nachdem ich geklärt habe, weswegen dein Dekorateur Koks hortet und du hier ein falsch datiertes Bild hängen hast, lieber Claus, vollendete Daniel seinen Verabschiedungssatz in Gedanken.

9

Der Einbruch

»Sieht das alles scheiße aus«, machte Wolli seiner Empörung Luft, als er nach dem Pressetermin im Supermarkt-Rohbau mit seiner Kollegin Dagmar wieder im Auto saß. »Da verschandeln die sich ihre Ortseinfahrt mit so einem Discounter-Klotz und einem Parkplatz davor, der so groß ist, dass zwei Fußballspiele gleichzeitig stattfinden könnten. Ich verstehe das nicht.«

Auch Dagmar war entsetzt über den Bau. »Die Fotos werden der Horror. Beton an Novemberwetter, prima Name für ein deprimierendes Stillleben. Und in ein paar Jahren wundern sich alle, warum in der Ortsmitte nichts mehr los ist.« Die Fotografin schüttelte den Kopf.

Wolli nahm den Faden noch mal auf. »Und dann faselt unser Landrat wieder was von neuen Arbeitsplätzen. Als würden in so einem Billigladen qualifizierte Festanstellungen entstehen. Das machen die mit ein paar Frauen auf Vierhundert-Euro-Basis, mehr kommt da nicht rum. Und wahrscheinlich am liebsten geleast von einer Zeitarbeitsfirma, die nicht mal den Mindestlohn zahlt. Das gleiche Spiel wie bei unserem Lieblings-Buchversand in Hersfeld, weißt du, ich …«

Wolli wurde in der Tirade vom Klingeln seines Mobiltelefons unterbrochen. Er erkannte Thomfordes Nummer. Hektisch lenkte er seinen Wagen auf einen Feldweg und signalisierte Dagmar, dass sie sich kurz gedulden möge.

»Angerstein?«

»Thomforde hier. Von den Malediven. Wir sind ja vorhin unterbrochen worden, mein Akku …«

Wolli hatte ohnehin vor, sich sofort nach Ankunft in der Redaktion noch mal mit dem ehemaligen Tarango-Manager in Verbindung zu setzen. Dass er von sich aus zurückrief, empfand der Journalist als sehr höflich.

»Kein Problem, Herr Thomforde, was wollten Sie mir denn noch sagen?«

Der Urlauber am anderen Ende der Leitung relativierte.

»Ich weiß auch gar nicht, ob das wichtig ist für Sie. Aber wegen des Vertrags, den Sie angesprochen hatten, rief mich vor rund einem Monat schon mal jemand an, auch ein Journalist. Ich hatte mir den Namen extra in meinem Telefonbüchlein notiert, warten Sie. Ah ja, hier. Oliver Finkelmann. Er hat sich auch dafür interessiert, wie die Übergabe von Roland an Claus abgelaufen war, und ich habe es ihm genauso geschildert wie Ihnen.«

Wolli kritzelte sich den Namen auf die Rückseite seines Reporterblocks und setzte zu einer weiteren Lüge an. »Das ist sehr nett von Ihnen, Herr Thomforde, dass Sie mich darüber informieren. Aber wahrscheinlich will der Kollege auch nur ein Feature zum Jubiläum des Clubs schreiben. Wie vorhin schon gesagt, so wichtig ist das mit der Übergabe ja auch gar nicht, ich wollte nur korrekt bleiben bei meinen Recherchen.«

»Na wunderbar, Herr Angerstein, dann hoffe ich, dass Sie etwas Schönes über Tarango schreiben und ich meinen Urlaub weiterhin genießen kann. Machen Sie es gut«, verabschiedete sich Thomforde.

Wolli legte sein Handy beiseite und grinste Dagmar auf dem Beifahrersitz schräg an. »Oliver Finkelmann, der alte Schmierlappen. Wenn der seine Finger im Spiel hat, kann es nur schmutzig werden.«

Wolli schüttelte kurz den Kopf, ließ den Wagen wieder an und setzte die Heimfahrt fort.

Dagmar hatte nicht verstanden, worum es ging. Aber sie hatte das Funkeln in den Augen ihres Kollegen gesehen, das er nur bekam, wenn er einer ganz großen Sache auf der Spur war.

***

Wieder wurde nichts aus Daniels Plan, ein paar Stunden die Sonne zu genießen. Für ihn waren die Ermittlungen noch nicht abgeschlossen. Im Gegenteil, sie waren nur schwieriger geworden. Claus und Netti hatten mit dem Selbstmord ihre Lieblingslösung gefunden und würden den Kriminalisten bei weiteren Schnüffeleien nur noch widerwillig unterstützen.

Einerseits war die Wahrscheinlichkeit natürlich groß, dass Lothar wegen seiner Finanzprobleme nicht mehr weiterleben wollte, andererseits hatte Daniel nicht vor, die Insel zu verlassen, ohne die Ungereimtheiten ausgeräumt zu haben.

Vielleicht musste er in der Ermittlungskette viel weiter vorn noch mal ansetzen. Wer sagte denn, dass die Geschichte von Rayk überhaupt stimmte? Zwanzigtausend Euro für ein paar Ausreden gegenüber Lothars Gespielinnen! Ganz schön viel Geld für so einen Quatsch.

Vielleicht hatte das Kokain damit zu tun. Es hieß doch immer, Lothar sei in seinen Urlauben ein wahrer Hansdampf gewesen. Vielleicht hatte er seiner Laune mit ein bisschen weißem Pulver nachgeholfen und stand bei seinem Dealer Rayk in der Kreide.

Das würde Daniel herausfinden. Zur Not mit einer miesen, kleinen Erpressung. Denn er konnte sich nicht vorstellen, dass Claus Drogenkonsum in seinem Club gutheißen würde. Also stapfte er entschlossen in Richtung Deko.

Rayk war damit beschäftigt, die Kulisse für das »Dschungelbuch« zusammenzustellen. Er schob Plastikpalmen aus dem Lager in Richtung Theaterbühne, hatte dabei das Radio laufen und pfiff einen Hit von Juanes mit. Als er von der Bühne zurückkehrte, sah er Daniel an der Lagertür stehen. »Justus, was kann ich für dich tun? Noch irgendwelche Unklarheiten wegen deines Auftritts heute Abend?«

Daniel atmete tief durch. »Nein, nicht deswegen. Ich muss mit dir eine ernste Sache besprechen. Können wir uns irgendwo ungestört hinsetzen?«

Rayk schaute erstaunt. »Hey, hey, hey, das klingt ja sehr offiziell. Wenn du magst, gehen wir kurz in mein Büro.«

Wahrscheinlich machte sich Rayk jetzt Hoffnungen, dass »Justus« doch noch irgendwie an die zwanzigtausend Euro für ihn herangekommen war.

Daniel folgte dem Deko-Tarango in ein kleines, unaufgeräumtes Kabuff. Rayk überließ dem Gast seinen Stuhl und setzte sich auf den Tisch.

»Also, um was geht's?«

Daniel zückte seinen Polizeiausweis und legte ihn neben den verblüfften Kulissenschieber auf den Tisch.

»Ich habe bisher nicht ganz die Wahrheit gesagt. Also, eigentlich überhaupt nicht. Ich heiße nicht Justus und bin auch nicht der Sohn von Lothar Hanke. Wie du siehst, heiße ich Daniel und arbeite bei der Polizei.«

Rayk hatte eine ungesunde Gesichtsfarbe bekommen. Ihm schwante offenbar Böses.

»Ich habe gestern Nacht beobachtet, wie du auf das Flachdach vor dem Haupthaus geklettert bist. Du musst es nicht leugnen, ich habe dich genau erkannt. Es gibt einen guten Grund, weswegen ich mich für dieses Dach interessiere. Deswegen war ich vorhin selbst oben und habe gefunden, was du dort gesucht hast. Die Fußabdrücke in den Kieselsteinen haben mich genau dorthin geführt. Anfängerfehler. Du lagerst unter einem Teller Kokain, und zwar keine kleine Menge. Ich will von dir wissen, ob du das Zeug hier im Club vertickst.«

Dem Dekorateur stand das Entsetzen ins Gesicht geschrieben. »Oh Gott, so eine Scheiße. Ich dachte, das entdeckt da keiner. Aber nein, ich verkaufe das nicht. Das ist nur …«, er dachte kurz nach, »nur für Litwina und mich. Weißt du, wir machen das hier alle schon so lange. Jeden Tag fröhlich sein, aufbauen, proben, ständig für die Gäste da sein, die Nächte haben nie mehr als fünf Stunden …«, seine Augen wurden glasig, »… beim Frühstück Parmaschinken schneiden, beim Abendessen Gemüse dünsten und immer freundlich aussehen dabei. Irgendwann kann man nicht mehr. Ich bin letztes Jahr fünfzig geworden, so habe ich mir das Leben nicht vorgestellt.«

Rayk fing an zu schluchzen. Er tat Daniel leid.

»Wenn du zu Claus gehst«, schniefte er, »dann schmeißt der mich raus. Und Litwina auch. Wir hatten vor ein paar Jahren schon mal so einen Fall. Die sind wahnsinnig streng, was das angeht.«

Daniel setzte sich neben Rayk auf den Tisch. Er legte ihm den Arm auf die Schulter. »Ich bin Polizist, Rayk. In Deutschland müsste ich das melden. Aber ich bin im Urlaub und kann deine Situation verstehen. Ich werde Claus nichts davon sagen.

Aber nur, wenn du mir eine Frage wahrheitsgemäß beantwortest.«

Der Dekorateur schaute ihn mit wässrigen Augen hoffnungsvoll an.

»Haben die zwanzigtausend Euro, die Lothar dir schuldet, irgendwas mit dem Stoff zu tun?«

Rayk schüttelte heftig den Kopf. »Nein, Justus, ääh, Daniel, definitiv nicht. Ich wollte es dir nicht erzählen, weil ich dich ja für seinen Sohn gehalten habe. Aber das Geld habe ich dafür bekommen, dass ...« Rayk erzählte ihm die gleiche Geschichte wie Litwina. Erzählte von dem Geld für Ausreden gegenüber Bonnie, Gitta und Regine. Und beteuerte zum Schluss noch mal, dass es zwischen Lothar und dem Koks keinen Zusammenhang gäbe.

»Okay, Rayk, ich habe das Gefühl, dass du die Wahrheit sagst. Das will ich auch für dich hoffen. Denn sobald ich merke, dass irgendein Detail gelogen war, bin ich bei Claus und du hier raus.«

Rayk machte mit drei Fingern diese alberne Schwör-Geste und nickte treuherzig.

»Nur eine Sache interessiert mich noch«, setzte Daniel nach, »wieso liegt das Zeug da unter dem Balkon und nicht in deinem Zimmer?«

Rayk rang sich zu einem vorsichtigen Grinsen durch. »Das wiederum hat mit einem Vorteil meines Alters zu tun. Wer hier noch einen alten Arbeitsvertrag hat, bekommt das Zimmer geputzt. Die Jüngeren müssen das selbst machen. Und wie dir vielleicht schon aufgefallen ist, wird auf Reinlichkeit im Tarango großen Wert gelegt. Ich hätte also davon ausgehen können, dass meine treue Conchita früher oder später fündig geworden wäre. Deswegen musste das Zeug an einem trockenen und nicht zu sonnigen Platz gelagert werden. Da war die Stelle unter dem Balkon optimal.«

Daniel holte tief Luft und deutete Entrüstung an. Er hatte kurz darüber nachgedacht, den Stoff zu konfiszieren. Aber was hätte er damit anfangen sollen? Er war im Ausland und nicht im Dienst. Außerdem würden Rayk noch mal ein paar hundert

Euro flöten gehen. Und schließlich war der Dekorateur alt genug, um einschätzen zu können, was er seinem Körper mit diesem Zeug antat. Daher wurde Daniels anfangs strenge Miene mehr und mehr zu einem breiten Grinsen. Er knuffte Rayk in die Seite, sprang vom Tisch und rief beim Verlassen des Büros: »Jaja, immer Ärger mit dem Personal!«

***

Wolli hatte schon vier Mal versucht, seinen urlaubenden Kumpel an die Strippe zu bekommen. Auf Fuerteventura wurde aber nicht abgehoben. Deswegen knurrte der Journalist vor sich hin:

»Soso, die feinen Herrn Beamten. Urlaubsgeld auf Staatskosten, in der Sonne brutzeln und dann die alten Freunde vergessen.«

Zwischen den erfolglosen Anrufen musste er für die morgige Ausgabe noch vier Spalten mit dem Supermarkt-Rohbau füllen. An Tagen wie diesen träumte er davon, bei einem überregionalen Blatt die großen Geschichten zu beackern. Das Zeug dazu hätte er wahrscheinlich sogar gehabt, gerade nach der Röbel-Affäre gab es einige Angebote.

Aber Wolli hatte sich damals entschlossen, im selben Haus wie seine rheumakranke Mutter im Hersfelder Stadtteil Hohe Luft wohnen zu bleiben. Für diese Entscheidung war sie ihm über alle Maßen dankbar gewesen, seine Karriere allerdings hatte den entscheidenden Sprung verpasst.

Ohne die Augen von seinem Text zu lösen, drückte Wolli ein weiteres Mal auf die Wahlwiederholungstaste. Den Hörer zwischen Schulter und Ohr geklemmt, konnte er an seinem Artikel weiterschreiben und gleichzeitig dem Freizeichen auf Daniels Handy lauschen. Auch wenn diese Position angeblich ernst zu nehmende Haltungsschäden verursachen sollte.

Kurz bevor er auflegen wollte, meldete sich sein Kumpel abgehetzt.

»Mensch, Wolli, ich komme gerade erst aufs Zimmer. Hast du es schon häufiger probiert?«

Knurren. »Das ist jetzt das fünfte Mal. Aber der Herr hat

sich wahrscheinlich mit barbusigen Schönheiten in der Sonne amüsiert ...«

Verächtliches Schnauben. »Der Herr hat sich mit einem schwulen Dekorateur über Koks unterhalten, aber das ist eine andere Geschichte. Was gibt es Neues?«

Wolli holte genüsslich Luft. »So einiges. Hol dir mal was zu schreiben und notier dir die wichtigen Facts, dann muss ich dir nicht alles zweimal erklären.«

Daniel kannte diesen etwas ruppigen Ton von Wolli schon. Das hatte nichts mit Unfreundlichkeit, sondern mit Rationalität zu tun. »Alles da, schieß los.«

»Also, mit der Übergabe hat tatsächlich etwas nicht gestimmt. Roland wollte die Sache '99 noch über die Bühne bringen, aber die Tarangos haben ihn nicht gelassen. Der Laden war zu der Zeit wohl ziemlich runtergekommen, und die hatten Angst, dass der Alte den Nachfolger damit sitzen lässt und das Geld fehlt. Deswegen musste erst renoviert und dann übergeben werden. Und das war 2001. Dein Kennzeichen-Bengel hatte also recht.«

Daniel notierte und staunte.

»Ich habe den Exmanager auch noch gefragt, ob die Tarango-Zentrale den Vertrag kennt, der Anfang der Siebziger den Grundstückskauf geregelt hat. Aber dieser Vertrag war denen anscheinend egal. Die haben mit dem Laden von Roland so eine Art Franchise gestartet, er hat sich vor Ort um alles gekümmert – und die Bielefelder haben dafür gesorgt, dass die Gäste kommen.«

Die Informationen kamen so schnell hintereinander, dass Daniel die Tragweite noch gar nicht erfassen konnte.

»Und jetzt pass auf, mein Lieblingsbulle ...«, kündigte Wolli stolz den Höhepunkt seiner Schilderung an. »Dieser Thomforde sagte mir noch etwas. Und zwar, dass sich vor etwa einem Monat ein anderer Journalist wegen dieser Sache schon bei ihm gemeldet hätte. Dir wird der Name Oliver Finkelmann nichts sagen. Aber unter Kollegen ist bekannt, dass das ein ganz scharfer Hund ist. Der geht bei seinen Recherchen buchstäblich über Leichen. Und zahlt für bestimmte Informationen auch gern mal ein paar Hunderter. Würde mich nicht wundern, wenn er mit der Sache irgendwas zu tun hätte.«

Daniel war wie elektrisiert. Auf was waren Wolli und er da nur gestoßen? Was könnte all das mit Lothars Tod zu tun haben? Weil Daniel nichts Besseres einfiel, stellte er seinem Freund von der schreibenden Zunft genau diese Frage. »Was könnte all das mit Lothars Tod zu tun haben?«

Wolli lehnte sich in seinem Bürostuhl zurück und legte die Füße auf den Tisch. Ach, jetzt im Büro eine rauchen …

»Gute Frage, Daniel. Gehen wir mal davon aus, Finkelmann hat spitzgekriegt, dass die Übergabe faul war. Was könnte er machen? Den jetzigen Clubchef erpressen? Entweder dieser Claus zahlt ihm Geld, oder er macht eine große Geschichte draus.«

»Aber was hat das mit Lothar zu tun?«

Wolli linste, ob in seiner Tasse noch Kaffee war.

Fehlanzeige. »Tja, mit Lothar hat das nichts zu tun. Es sei denn, die beiden kannten sich. Finkelmann fand die Sache raus, und Lothar übernahm die Erpressung vor Ort. Er brauchte ja anscheinend Geld …«

Von allen bisherigen Theorien zu Lothars Tod fand Daniel diese Version am dicksten aufgetragen. Allerdings war auch nicht komplett von der Hand zu weisen, dass es so gewesen sein könnte. »In welcher Stadt treibt dieser Finkelmann denn sein Unwesen?«, wollte der Polizist wissen.

Wolli nahm die Füße vom Tisch. Entscheidende Gesprächsphasen pflegte er nicht in dieser lässigen Haltung zu verbringen. »Also, das letzte Mal, als ich von ihm gehört habe, war er bei einer großen, bösen Boulevardzeitung in Berlin.« Der Journalist merkte förmlich, wie sein Freund viertausend Kilometer südwestlich von ihm anfing, breit und zufrieden zu grinsen.

»Berlin. Das klingt schon mal sehr gut. Ist zwar nicht die kleinste Stadt in Deutschland, aber es wäre doch gelacht, wenn sich zwei so krumme Vögel wie Hanke und Finkelmann nicht kennen würden. Wolli, das war echt saubere Arbeit. Ich fürchte, den Rest muss ich hier vor Ort klären. Aber ich verspreche dir, wenn 'ne Story bei rumkommt, gehört sie dir.«

Wolfgang Angerstein dachte an den Artikel zur Rohbau-

Einweihung und war über diesen Strohhalm in diesem Augenblick sehr dankbar.

***

Daniel hatte seinen kochenden Freund Dave schon viel zu lange nicht mehr besucht. Deswegen führte ihn sein nächster Weg durch den um diese Uhrzeit leeren Essenssaal in die Großküche des Clubs. Noch bevor er darüber nachdenken konnte, ob er dort als Gast einfach hineinspazieren durfte, schwang die Tür ferngesteuert auf.

Vor Daniels Augen erstreckte sich das größte Kochareal, das er je gesehen hatte. Dutzende Köche und Gehilfen sprangen zwischen Töpfen und Pfannen hin und her, die von der Decke hingen. Ein lautes Stimmengewirr in verschiedenen Sprachen verschmolz mit den rauschenden Abzugshauben zu einer gewaltigen Geräuschkulisse. Aus jeder Ecke strömte ein anderer Duft in die Nase des Polizisten. Alles sah blitzblank aus, offenbar war Hygiene das höchste Gebot. Ein kleiner, älterer spanischer Koch entdeckte den Eindringling als Erster. Er wischte sich die Hände an seiner Schürze ab und kam auf Daniel zu.

»Wasss masst su hier? Iss verbote fur Gaste.«

Daniel hob abwehrend die Hände. *»Excúsame. Busco Dave. Tengo que hablar con él.«*

Der Koch strahlte. Man musste seine drei Jahre Spanisch-Grundkurs nur gewinnbringend einsetzen.

»Voy a ver. Espera!« Der Speisenzubereiter wieselte in den hinteren Bereich der Küche, den Daniel von der Tür aus nicht einsehen konnte. Wenig später kam er heftig gestikulierend und mit Dave im Schlepptau zurück.

»Daniel, was machst du denn hier?« Leiser fügte er hinzu: »Muss ich schon wieder 'ne Leiche verstecken oder ausziehen?«

Daniel schaute erschrocken auf den kleinen Spanier, der neben ihnen stehen geblieben war.

»Keene Sorge, det Wort Leiche kennt Rodrigo nicht. Ick hab jetzt aber gar keine Zeit, Daniel, ich filetiere Fisch. Können wir uns in zwanzig Minuten sprechen? Wieder an der Halfpipe?«

Zeit und Ort waren Daniel genehm. Er nickte den Köchen zu und ließ sie in ihrem Gewusel zurück. Er schlenderte schon mal zu der Skateboardrampe und setzte sich dort in die Sonne. Kurz vergaß er seine Ermittlungen und dachte darüber nach, ob er auf dieser Insel wohnen wollte. Klar, immer schönes Wetter, das hatte was. Und der Strand gehörte wirklich zum Besten, was Europa in diesem Bereich zu bieten hatte. Aber immer dieser kahle Felsklotz im Hintergrund? Keinerlei städtisches Leben, keine Kultur und kaum Infrastruktur?

Am meisten würde mir wahrscheinlich der Wechsel der Jahreszeiten fehlen, sinnierte Daniel und musste daran denken, wie er sich seit seiner Kindheit jedes Jahr über den ersten Schnee freute. Manchmal setzte er sich sogar allein in sein Auto und donnerte in die Rhön, wenn die Berge dort schon weiß und in Wildeck noch grün waren. So sehr war er in seine Abwägung vertieft, dass er gar nicht merkte, wie Dave auf ihn zukam. Erst als sich der gewaltige Koch neben ihn setzte, schreckte er aus seinen Gedanken hoch.

Daniel schaute ihn an und fragte: »Vermisst du eigentlich den Schnee?«

Dave legte die Stirn in Falten, als habe er sich verhört. »Um mich das zu fragen, sollte ich hierherkommen?«

Daniel winkte ab. »Nein, ich war nur gerade in Gedanken und habe mich gefragt, ob ich hier gern leben würde. Und da fiel mir auf, dass mir der Schnee fehlen würde.«

Dave grinste. »Jaja, das ist das meistdiskutierte Thema unter den Tarangos hier. Ist das Leben auf dieser Insel wirklich besser als zu Hause? Im ersten Winter freust du dich darüber, dass es keinen Schnee gibt, im zweiten merkst du, dass dir irgendwas fehlt, und im dritten würdest du am liebsten für einen Tag nach Hause fliegen, nur um die Kälte zu spüren und den Duft eines Weihnachtsmarktes zu riechen. Aber ich bin ja noch nicht so lange hier. Bei mir überwiegt noch die Freude.« Er machte eine präsentierende Geste Richtung Palmen und Himmel, die in schlechten Filmen von dem Satz »Und das, mein Sohn, wird eines Tages alles dir gehören« begleitet gewesen wäre.

Und schon war Daniel wieder bei seinem eigentlichen

Thema. Denn der Sohn, Claus, dem jetzt hier alles gehörte, war nach seiner neuesten Theorie schließlich der Hauptverdächtige. Deswegen unterbrach er den philosophischen Moment und erklärte Dave, was er von ihm wollte.

»Netti hat dir ja bestimmt erzählt, dass wir uns im Fall Lothar Hanke auf einen Selbstmord geeinigt haben.«

Dave nickte.

»Nun habe ich aber ein paar Neuigkeiten erfahren, die noch eine andere Lösung des Falls möglich machen. Jedenfalls würde ich eine Sache gern noch untersuchen. Ich müsste dazu an das Gepäck von Hanke ran. Wo habt ihr das hingeschafft?«

»Soweit ich weiß, liegt der ganze Kram in Claus' Privatwohnung. Da müsstest du ihn mal fragen, ob er dich reinlässt.«

Daniel schüttelte unzufrieden den Kopf. »Genau das geht ja nicht. Weil …«, eigentlich wollte er Dave davon gar nicht so genau erzählen, »weil Claus einer der Verdächtigen sein könnte. Deswegen bin ich auch zu dir gekommen. Deine Freundin hat so einen engen Draht zu ihrem Chef, da hätte er sofort erfahren, dass ich ihn verdächtige. Aber es ist wirklich wichtig, ich muss herausfinden, ob Lothar eine ganz bestimmte Person kannte. Und dafür brauche ich sein Adressbuch oder Handy oder sonst was.«

Dave kratzte sich an seiner Hals-Tätowierung und dachte kurz nach. »Also, die Wohnung von Claus ist nicht besonders gesichert«, sagte er dann. »Der Wachdienst sorgt ja dafür, dass hier keine krummen Hunde aufs Gelände kommen. Claus' Gemächer liegen direkt über seinem Büro. Ich würde schätzen, die Tür kriegst du locker geknackt. Netti hat leider keinen Schlüssel, soweit ich weiß. Aber die wolltest du ja aus der Sache eh raushalten. Was ist das denn überhaupt für eine neue Spur?«

Daniel stand auf. »Das ist jetzt zu kompliziert zu erklären, Dave. Können wir uns darauf einigen, dass du mich das letzte Mal hier an dieser Halfpipe um einen Gefallen gebeten hast und ich jetzt dich darum bitte?«

Der Koch machte eine unschuldige Geste. »Bitte, bitte, geht schon in Ordnung. Solang unser Club nicht in Gefahr gerät, bin ich dabei.«

Daniel lächelte zufrieden und klopfte seinem Kumpel auf die kräftige Schulter. »Dann brauchen wir jetzt nur noch einen guten Plan …«

***

Kaum eine Stunde später stand der Plan. Ob er gut war, würde sich noch zeigen. Ausgangspunkt war die Tür zu Claus' Büro.

»Okay, ich gehe jetzt rein. Und dann alles wie abgesprochen«, zischte Dave Daniel zu, der hinter dem Koch-Tarango im Treppenhaus vor der Eingangstür des Clubchefs kauerte. Sie befanden sich in einem dreigeschossigen Trakt. Unten war das Atelier angesiedelt, wo die verträumteren Clubgäste batikten, malten und bastelten. Es fristete in dieser partyfixierten Anlage eher ein Schattendasein.

Im ersten Geschoss befanden sich die Büros von Claus und Netti, daran anschließend das verhängnisvolle Flachdach. In der zweiten Etage schließlich lagen die Privaträume des Clubeigners. Von außen sah die Wohnung nicht besonders groß aus. Daniel schätzte sie auf etwa achtzig Quadratmeter.

Er hatte mit Dave folgende Vorgehensweise vereinbart: Der Koch sollte Claus in ein längeres Gespräch verwickeln. Die Tür musste leicht geöffnet bleiben, denn erst wenn Daniel merkte, dass sich Claus auf einen ausführlicheren Diskurs einließ, wollte er ein Stockwerk weiter nach oben huschen und sich auf die Suche nach Lothars Habseligkeiten machen.

Durch die angelehnte Tür hörte er, wie sein Kumpel tat, was er verlangt hatte.

»Claus, wir wollten doch schon länger mal über einen neuen Herd sprechen. Hast du kurz Zeit?«

Daniel konnte keine Antwort hören, ging aber davon aus, dass Claus genickt haben musste, denn Dave setzte seine Nummer fort.

»Pablos Onkel kann über einen Großhandel günstig an ein sehr schönes Modell kommen. Acht Flammen, alle stufenlos regulierbar. Aus einer Schweizer Großküchenmanufaktur. Pablo sagt, das Teil hält die nächsten dreißig Jahre …«

Daniel konnte sich ein Grinsen nicht verkneifen. Dave machte seine Sache wirklich gut. Er hatte genug Text, um Daniel eine Viertelstunde Zeit zum Suchen zu geben. Der Polizist huschte an der Bürotür vorbei und schlich die Treppen hoch.

Eine altertümliche Tür spanischer Bauart trennte ihn von Claus' Privatbereich. Daniel zückte seine Zimmerkarte und führte sie in den schmalen Schlitz zwischen Tür und Rahmen. Langsam zog er sie nach unten. Nach einigen Zentimetern spürte er einen Widerstand. Er merkte sich die Stelle und setzte genau dort aufs Neue an. Ein paar ruckartige Bewegungen hin und her, schon war die Tür offen.

Er kannte die Geschichte eines Einbrechers, der dasselbe mit seiner Scheckkarte versucht hatte. Sie zerbrach ihm, er machte sich hastig vom Acker und ließ den Teil der Karte neben der Tür liegen, auf dem sein Name stand. Ein Trottel.

Daniel trat in den schummrigen Flur und tastete sich vor. Hinter der ersten Tür zur Linken lag das Badezimmer. Hier vermutete er das Gepäck des toten Lothar nicht. Tür Nummer zwei führte ins Schlafzimmer. Geradeaus befand sich das Wohnzimmer, rechts ging ein weiterer Raum ab. Daniel betrat ihn. Claus hatte in der ganzen Wohnung die Fensterläden geschlossen, nur ein schwaches einfallendes Licht ermöglichte überhaupt eine Orientierung.

Auf einmal knackte es unter Daniels Schuh. Er musste auf einen kleinen Gegenstand getreten sein. Er bückte sich. Ein winziges Verkehrsschild war unter seiner Sohle zerbrochen. Es gehörte offenbar zu einer Modelleisenbahnanlage, die Daniel jetzt in einer dunklen Ecke des Raums entdeckte.

Er zog sein Handy aus der Tasche und begutachtete im Schein des Displays die Anlage. Die Schienen verliefen durch satte grüne Wiesen, Kühe standen unter Tannen, im Hintergrund stiegen schneebedeckte Berge auf. Ein kleines, verkitschtes Stück Mitteleuropa. Wahrscheinlich war genau das die Sehnsucht eines Deutschen, der sein ganzes Leben auf Fuerteventura zugebracht hatte.

Außer der Eisenbahn befanden sich in dem Raum noch ein

Schreibtisch mit Stuhl und ein Hometrainer. Nirgendwo eine Möglichkeit, Lothars Koffer zu deponieren.

Daniel verließ das Zimmer und schlich weiter in den Wohnraum. Hier war es etwas heller, und beim Anblick der Möbel musste sich der Kommissar ein Lachen verkneifen. Der Tisch, die Eckbank, die Schrankwand, die Sofalandschaft, all das hätte genau so bei einem deutschen Möbelhaus in der Abteilung »alpiner Landhausschick« stehen können. Kurios, aber offenbar auch eine Reminiszenz an die ferne Heimat. Auf den ersten Blick auch hier keine Spur von Lothars Sachen.

Daniel entschied sich, zuerst noch das Schlafzimmer zu checken, bevor er die Oberammergauer Wohnstube auseinandernahm. In Claus' Zimmer wurde auf Deutschtümelei verzichtet. Der Raum ähnelte von der Einrichtung her den Gästezimmern des Clubs. Warme Farben, schlichte Eleganz, so viel konnte man im Halbdunkel erkennen. Daniel trat vor den viertürigen Kleiderschrank und öffnete die rechte Hälfte. Ordentlich abgelegt in Fächern und aufgehängt auf Stangen fand sich hier alles, was ein Mann für seine tägliche Garderobe benötigte. Die linke Seite des Schranks war schon interessanter.

Auf dem Boden standen drei Koffer. Daniel hob sie der Reihe nach an. Die ersten beiden wogen zu wenig, um eine komplette Urlauberausrüstung zu beinhalten, der dritte musste dagegen voll bis obenhin sein. Daniel zog ihn aus dem Schrank. Auf einmal nahm er ein kurzes, knarrendes Geräusch wahr. Sollte Claus auf dem Weg nach oben sein? Er hatte für diesen Fall vereinbart, dass Dave als Warnung laut im Treppenhaus hustete. Das kurze Knarren wurde Sekunden später von einem anderen Geräusch ergänzt. Ein Vogel rief fünfmal. Danach noch mal das Knarren vom Anfang, und schon war wieder Ruhe.

Daniel schüttelte den Kopf. Claus hatte im Wohnzimmer offenbar eine Kuckucksuhr, deren Tür sich zur vollen Stunde öffnete, den Bewohner kurz ins Freie ließ und sich anschließend für die nächsten sechzig Minuten wieder schloss. Geschmacklos, aber in Anbetracht des restlichen Interieurs konsequent.

Der Polizist wuchtete den Koffer aufs Bett und ließ den

Verschluss aufschnappen. Daniel kannte aus Lothars Kollektion zwar nur die Jacke, mit der er seinen peinlichen Auftritt bei Rayk hatte, aber der Stil des Kofferinhalts ließ darauf schließen, dass er Lothar gehört haben musste. Die Kleidungsstücke waren wahllos in das Gepäckstück gepfeffert worden, kein Wunder, Claus hatte es auf dem Zimmer des Toten eilig gehabt.

Daniel durchwühlte die Stoffberge, legte den Kulturbeutel beiseite und fand zunächst Hankes Handy. Er ließ es in seine Tasche gleiten. Am Boden des Koffers versteckte sich unter einem Roman eine ledergebundene Kladde. Daniel blätterte sie hektisch auf. Telefonnummern und Adressen, genau das, wonach er gesucht hatte. Auch dieses Fundstück nahm er an sich, bevor er Klamotten und Kulturbeutel wieder in den Koffer legte, selbigen verschloss und in den Schrank zurückbugsierte.

Zum Schluss strich er noch die Bettdecke glatt, auf der der Koffer einen ziemlich eindeutigen Abdruck hinterlassen hatte, und verließ die Wohnung. Auf der Treppe ließ seine Anspannung nach. Ein Polizist, der in eine fremde Wohnung einstieg … wenn er erwischt worden wäre, hätte das auf seiner Dienststelle in Deutschland zu bitteren Konsequenzen führen können.

Ein Stockwerk weiter unten atmete er erleichtert durch, bevor er die Bürotür des Clubchefs öffnete.

Dave saß immer noch mit Claus am Schreibtisch, gerade verglichen sie auf einer Homepage verschiedene Dunstabzugsmodelle für die Gastro-Großküche.

»Ach, hier bist du, Dave«, tat Daniel erstaunt. »Ich suche dich schon überall. Ich wollte dir doch noch die Fotos von unserer Jeep-Safari zeigen. Sehen wir uns später?« Diesen Satz hatten sie als Code für eine geglückte Wohnungsinspektion vereinbart.

***

Strammen Schrittes legte Kommissar Daniel Rohde den Weg zu seinem Zimmer zurück. Er konnte es kaum erwarten, Hankes Telefonverzeichnis zu durchforsten, und musste sich zur Ordnung rufen, nicht schon blätternd durch die Anlage zu laufen.

In seinen Räumlichkeiten gönnte er sich auf die gelungene Aktion erst mal ein Bier aus der Minibar und setzte sich mit der Flasche auf seinen Balkon.

Hektisch blätterte er sich durch die kleinen Seiten des Büchleins. Unter F wie Finkelmann fand er keinen Eintrag. Auch die Suche bei O wie Oliver blieb erfolglos. Daniel hatte also keine andere Wahl, als das Verzeichnis Buchstabe für Buchstabe durchzugehen.

Die Aufgabe stellte sich als amüsanter als gedacht heraus, denn etliche Namen kamen ihm bekannt vor. Lothars Kontakte lasen sich wie ein Who's who der deutschen Promiszene: Schauspieler, Politiker, Sportfunktionäre, von allen hatte der Herr über die schönsten Wohnungen Berlins die Nummern notiert. Für einen Klatschreporter wäre die kleine Kladde der Himmel auf Erden gewesen.

Sogar ein Bundesminister schien zu Lothar Hankes Kunden- oder Freundeskreis zu gehören. Bis zum G war Daniel überaus optimistisch, einen Hinweis auf Oliver Finkelmann zu finden. Beim M überkam ihn eine kleine Mid-Alphabet-Crisis, beim R überwog bereits die Resignation.

Wie in allen Nummernverzeichnissen waren unter dem Buchstaben S die meisten Einträge zu finden. Hinter einer Exbewohnerin des Dschungelcamps und einem Talkshow-Moderator sprang dem Kommissar eine Berliner Festnetznummer ins Auge, die unter »Spreebote« verzeichnet war. Soweit Daniel wusste, gehörte der »Spreebote« zu den sudeligeren Blättern der hauptstädtischen Zeitungsszene. Leider war dahinter kein Name eingetragen, die Länge der Nummer ließ aber darauf schließen, dass es sich um eine Durchwahl handeln musste.

Daniel zückte sein Handy und suchte im Menü die Rufnummernunterdrückung. Nach einigen Minuten hatte er sein Gerät anonymisiert und tippte die Nummer der Zeitung ein. Als sich am anderen Ende der Leitung ein gehetzt wirkender Mann mit den Worten »Spreebote, Finkelmann« meldete, begann sich Daniels Herzschlag zu beschleunigen. Er nuschelte »Sorry, verwählt«, und legte auf.

Der Kommissar warf sein Mobiltelefon aufs Bett und lief mit

geballter Faust durch sein Zimmer. Immer wieder rief er: »Ja, ja, ja!« Zwischendurch trank er Bier.

Alles könnte zusammenpassen: Lothar hatte geahnt, dass bei der Clubüberschreibung vom Vater auf den Sohn ein krummes Ding gelaufen war. Er hatte Finkelmann auf die Sache angesetzt. Finkelmann hatte – genau wie Wolli – bei der Tarango-Zentrale nachgefragt. Und dort die Information erhalten, dass Roland es bei der Übergabe offenbar sehr eilig hatte. Aus der Zentrale gab es wegen der damals desolaten Finanzlage aber kein Okay. Damit war der Vertrag gebrochen worden, der eine Überschreibung vor der Jahrtausendwende forderte.

Da Lothar in massiven Geldnöten steckte, nutzte er dieses Wissen, um Claus damit zu erpressen. In seiner Not stieß der Clubchef seinen Stammgast vom Balkon und ließ die Leiche unter dem Vorwand, er wolle keinen Skandal in seinem Hotel, verschwinden.

Zum ersten Mal seit Beginn seiner Ermittlungen hatte Daniel das Gefühl, einen plausiblen Tathergang und ein nachvollziehbares Motiv erkannt zu haben. Glückstrunken von diesem möglichen Ermittlungserfolg ließ er sich auf sein Bett fallen. Er genoss den Moment, aber nur kurz.

Der Beamte in ihm hob den Zeigefinger und mahnte zur Disziplin. Allein die Tatsache, dass ein konkursbedrohter Immobilienmensch einen windigen Journalisten kennt, war noch kein Beweis. Es galt herauszufinden, wann Hanke und Finkelmann zuletzt Kontakt zueinander hatten. Das könnte Brigitte vom Revier in Bad Hersfeld aus für ihn erledigen, per Einzelverbindungsnachweis.

Die Dokumentation über seine letzten Gespräche vom Handy aus musste Lothar kurz vor seinem Tod gelöscht haben, in der Historie der abgehenden Anrufe fand Daniel jedenfalls nur zwei Telefonate mit einer Vorwahl in München, die am Tag vor seinem Ableben getätigt worden waren.

Gerade als der Kommissar die Nummer seiner Kollegin eintippen wollte, durchzuckte ihn allerdings ein Gedanke der allerfurchtbarsten Art: In wenigen Stunden war die Gästeshow! Und Kaa konnte immer noch keine Silbe ihres Textes! Es sah so aus, als müsste er zuerst eine der größten Blamagen seines Urlaubs abwenden, bevor er einen seiner ungewöhnlichsten Fälle klären konnte.

***

Ein paar Gramm weißes Pulver können in manchen Situationen erstaunlich hilfreich sein. Direkt im Anschluss an den Gästeshow-Gedanken fiel Daniel ein, dass er den Mummenschanz mit Schlange ja gar nicht mehr nötig hatte. Rayk kannte seine wahre Identität, und Daniel hatte mit seinem Fund vom Flachdach ein herrliches Druckmittel, um den Gästeshow-Guru davon zu überzeugen, dass das »Dschungelbuch« auch ganz wunderbar ohne Kaa über die Bühne gehen konnte.

Deswegen: eins nach dem anderen. Erst die Show absagen, dann den Fall lösen, dachte Daniel und machte sich auf den Weg Richtung Deko. Vor der Clubboutique wurde der wild entschlossene Absager von Bonnie aufgehalten, die gerade einen Ständer mit pastellfarbenen Pareos durchstöberte.

»Huhuuu, Daniel!« Aufgeregtes Winken speckiger Oberarme. »Dich habe ich ja ewig nicht gesehen. Warst du in den letzten Tagen denn gar nicht mehr am Pool?«

Das stimmte natürlich. Für einen Urlauber hatte er sich in den letzten Tagen eher mit urlauberuntypischen Tätigkeiten verdingt und die Außenanlage des Clubs höchstens als Transitstrecke zwischen Claus' Büro, Daves Küche, Rayks Deko und Lothars Kühlhaus benutzt. Von daher war jetzt eine schnelle Notlüge angebracht. Weil Daniel nichts Besseres einfiel, griff er auf die Lieblings-Malaise aller krankfeiernden Angestellten zurück, die so herrlich schwer überprüfbar war.

»Magen-Darm«, röchelte er und versuchte, von einer Sekunde auf die andere sehr leidend auszusehen.

»Ach, du Armer.« Bonnie streichelte ihn mütterlich an der Schulter. »Das kann natürlich das viele Olivenöl sein. Ist so ein deutscher Magen ja gar nicht gewohnt.«

Daniel nickte leidend und wollte weiter. Dummerweise hatte Bonnie einen anderen Plan.

»Soll ich dir ein bisschen Gesellschaft leisten? Krank ist ja schon blöd, aber krank und allein ist die Hölle.«

Daniel schüttelte den Kopf, das konnte Bonnie aber nicht sehen, denn sie bückte sich in diesem Augenblick nach ihrer Strandtasche, warf sie über die rechte Schulter und hakte sich unternehmungslustig bei ihrem perplexen Opfer unter. Noch bevor Daniel sich wehren konnte, plapperte die rheinische Frohnatur weiter.

»Dann gehen wir jetzt schön einen Kamillentee trinken. Ich habe auch gerade nichts zu tun. Weißt du, mit Gitta ist Funkstille, seit sie den Rioja abbekommen hat. Und Regine ist allein auch nicht so unterhaltsam. Außerdem geht die ständig Shuffleboard spielen.« Das Schnäuzchen wollte gar nicht stillstehen. »Allerdings hat Regine mir erzählt, dass sich Gitta Sorgen um ihren zukünftigen Mann macht. Lothar ist anscheinend grußlos abgereist und in Berlin nicht zu erreichen. Sag doch mal selbst, macht man so was, wenn man sich ein paar Tage vorher auf den Klippen noch verlobt hat?« Sie wartete Daniels Antwort gar nicht erst ab. »Na ja, der wird kalte Füße bekommen haben, der Lothar. So ein Schürzenjäger bindet sich doch nicht. Erst recht nicht an so ein Suppenhuhn wie Gitta.«

Mit den kalten Füßen könntest du mehr als recht haben, Dickmamsell, dachte Daniel und nutzte die kurze Unterbrechung ihres Redeflusses, um einzuhaken.

»Du, Bonnie, ich müsste mal kurz zu Rayk. Der rechnet nämlich heute Abend bei der Gästeshow mit mir. Aber mit meinem Magen … na ja, also ich würde ihm gern absagen.«

Aus Bonnies übertuschten Augen wanderte ein bewundernder Blick Richtung Daniel. »Nää! Dat hätte ich ja nicht gedacht, dass du so was mitmachst. Gästeshow. Die spielen doch ›Dschungelbuch‹ heute Abend.« Klar, als echter Tarango-Insider hatte Bonnie den Wochenplan natürlich drauf. »Welche Rolle muss denn entfallen, wenn du nicht dabei bist?«

»Die Schlange«, nuschelte Daniel unverständlich.

»Was?«

»DIE SCHLANGE!«, rief er gereizt.

Bonnie blieb stehen, weil eine Lachsalve aus ihrem fülligen

Leib eruptierte. »Nää! Die Schlange! Der schönste Mann im Club wird als Kaa verkleidet? Dat jibbet nit! Singste auch?« Sie knuffte ihm lustvoll gegen den Oberarm.

Daniel war das alles sehr unangenehm. »Na ja, einmal singe ich, den Rest der Zeit liege ich rum.«

Daniel wollte weiter, musste aber mit ansehen, wie Bonnie zu einem Stuhl des Freisitzbereiches wieselte, diesen heranzog und keuchend erklomm. Was war denn nun wieder in dieses verrückte Huhn gefahren? Die Strandtasche schmiss sie achtlos neben sich, ihre linke Hand legte sie resonanzverstärkend auf ihren Busen und warf sich in Diseusen-Pose. »Höör auf miiiich, glaaube miiiir, Aaugen zuuuu, vertraaue miiiir …«

Daniel erkannte das Lied. Das war es, was er eigentlich heute singen sollte und immer noch nicht gelernt hatte. Bonnie konnte das wirklich gut, mit viel Moll! Na klar, Claus hatte doch erzählt, dass sie jedes Quiz über Filmmusik gewann. Das passte. Sehr gut sogar. Bevor andere Gäste auf seine peinliche Freundin aufmerksam wurden, zerrte er den Fleischberg von seiner improvisierten Bühne. Gerade so konnte sie ihre Tasche noch greifen.

»Ich habe *die* Idee! Komm mit.«

Etwas unsanft zog der Kommissar die fleischgewordene Adipositas hinter sich her. Bonnie war viel zu erstaunt, um sich zu wehren. Schon standen sie in Rayks Reich. Die Neusserin keuchte und schwitzte. Wahrscheinlich hatte sie die letzten achtzig Meter so schnell hinter sich gebracht wie schon lange keine Strecke mehr. Der Deko-Tarango lugte hinter einer Plastikpalme hervor, die heute Abend Dschungelstimmung verbreiten sollte.

»Rayk, ich kann heute Abend nicht auftreten. Ich hab's ganz schlimm am Magen. Und das in diesem Kostüm ohne Abfluss, also, du weißt schon, was ich meine. Jedenfalls, es geht nicht. Aber das hier ist meine Freundin Bonnie. Die singt dir die Kaa live besser als jeder andere Gast mit Playback. Viel Spaß euch beiden, ich muss los.«

Rayk hatte während Daniels Monolog die überrumpelte Bonnie taxiert. Niemals würde diese Menge an Frau in den engen Schlangenschlauch passen. Deswegen sprang der Dekorateur dem Ermittler hinterher und erreichte ihn im Gang nach draußen.

»Mooooment, Daniel, Moment! Wenn ich der die Rolle gebe, muss das Kostüm um mehrere Kubikmeter gedehnt werden. Die Zeit habe ich gar nicht mehr. Und will die überhaupt?«

In diesem Augenblick stimmte Bonnie in der Deko ihr Lied aufs Neue an. »Hööör auf miiiich, glaaube miiiir …«

Daniel machte den »Noch Fragen?«-Blick. Und um Rayk noch mal eins mitzugeben, fiel ihm eben ein schönes Wortspiel ein. »Vielleicht kokst du noch mal ganz genau, ob du sie nicht einbauen kannst, okay, mein Lieber?«

Und ab.

Bonnie untergebracht und Rayk eine schöne Retourkutsche für die Schlangenschmach verpasst. Im Fußball würde man das wohl ein 2:0 nennen.

10

Die Lösung

Das Lullusfest in Bad Hersfeld wirbt damit, Deutschlands ältestes Volksfest zu sein. Keiner, der auch nur einen Funken Heimatverbundenheit in sich trägt, fehlt, wenn Ende Oktober das dazugehörige Feuer entfacht wird. Früher war es das Symbol der sogenannten Lollsfreiheit. Solange das Feuer brannte, mussten die Untertanen keine Abgaben an die Gemeinde zahlen. Heutzutage war das Finanzamt da leider ein wenig humorloser.

Für Brigitte und ihre Kollegen vom örtlichen Kommissariat bedeuteten die Lullustage weniger Spaß als für die meisten Besucher. Dieses Jahr hatte es vier Schlägereien gegeben, zwölf Trunkenheitsfahrten, einen Unfall mit Personenschaden und Fahrerflucht sowie sieben gemeldete Taschendiebstähle. Jede angezeigte Straftat musste dokumentiert, bearbeitet und wieder dokumentiert werden. Mit dieser undankbaren Aufgabe war Brigitte gerade beschäftigt, als ihr Telefon im Büro klingelte. Daniels Nummer!

»Hallo Urlauber«, begrüßte sie ihn fröhlich. »Na, wie schmeckt dir das Clubleben?« In ihrem Hinterkopf setzte sich sofort ein Demonstrationszug gedanklicher Missgünstlinge in Bewegung, die auf ihren Schildern stehen hatten: »Keine heißen Weiber, keine Flirts!«

Daniel wollte den Fehlgriff bei seiner Buchung nicht sofort gestehen und meinte vage: »Jaja, ganz gut, Wetter ist toll, das Essen auch.«

Brigitte musste lachen. »Wow, Daniel, genau den Text schreibt mir mein Patenkind auf Postkarten auch immer. Aber du kannst ja in Ruhe erzählen, wenn du wieder da bist. Warum rufst du an?«

Das mochte er an Brigitte. Kein Small Talk, wo er nicht nötig war.

»Brigitte, ich brauche einen Einzelverbindungsnachweis. Ich bin hier in eine wilde Sache reingeraten. Es gibt einen Toten. Vielleicht Mord. Und ich glaube, ich bin schon ziemlich nah dran, die Kiste zu lösen. Aber dazu brauche ich deine Hilfe.«

Toter? Mord? Ermittlungen im Urlaub? Brigitte schaute sich unwillkürlich in ihrem Büro um, um die versteckte Kamera zu suchen. Gleich kam bestimmt Guido Cantz zur Tür rein und plärrte: »Jahaa, das ist die Strafe. Weil du mit der Hilfe deiner Freundin den armen Daniel in die Geriatrie geschickt hast, bist du jetzt schön verarscht worden.«

Kam aber keiner.

Stattdessen Daniel am Telefon. »Brigitte?«

»Ja, ich bin da. Okay, wahrscheinlich ist es am Telefon jetzt zu kompliziert, alles zu erklären.« Da war sie wieder, die pragmatische Brigitte. »Was kann ich für dich herausfinden?«

Daniel nannte ihr sowohl die Festnetz- als auch die Handynummern von Hanke und Finkelmann und bat sie darum, so schnell wie möglich herauszufinden, ob von irgendeinem der Anschlüsse eine Verbindung zwischen den beiden hergestellt wurde. Die Kommissarin versprach, Daniels Anfrage sofort zu bearbeiten. Verwirrt verabschiedete sie sich von ihrem Kollegen.

Was konnte das für eine Geschichte sein, die sich da gerade auf Fuerteventura abspielte? Und brachte Daniel sich dabei in Gefahr? Nachdenklich starrte sie vor sich hin. Immerhin, wenn er in einem Mordfall ermittelte, hatte er keine Zeit, mit eventuellen Konkurrentinnen anzubandeln. So gesehen war die kleine Ablenkung für Daniel vielleicht gar nicht das Schlechteste.

***

Daniel hasste dieses Stadium der Ermittlung. Möglicherweise fehlte nur noch ein kleiner Baustein, aber auf den galt es zu warten. Er hatte sich beigebracht, diese Momente zu nutzen, um sich einen Ideenvorsprung für alle Eventualitäten zu erarbeiten. Eigentlich gab es in diesem Fall davon nur zwei. Entweder Finkelmann und Hanke hatten Kontakt zueinander – das würde einen Mord sehr wahrscheinlich machen –, oder die beiden hatten noch nie etwas voneinander gehört, und jeglicher Ermittlungserfolg war futsch.

Daniel plante, während einer Strandwanderung über sein weiteres Vorgehen bei Eventualität Nummer eins nachzudenken. Ein wenig Bräune musste vor seiner Abreise dringend noch dazukommen, die Sonne in Deutschland hatte er für die nächsten vier Monate schon abgeschrieben.

Bei Ebbe war es möglich, über einige Felsvorsprünge bis zum benachbarten Tarango am Strand entlangzulaufen. Leider musste man dafür den FKK-Abschnitt passieren. Daniel konnte nicht anders, er musste bei den Nackten einfach immer hinschauen. Insgeheim wettete er aber, dass es allen anderen Badehosenträgern genauso ging. Leider war der Altersschnitt bei den Herrschaften, die untenrum gern mal in der Öffentlichkeit durchlüfteten, ähnlich gelagert wie in seiner Clubanlage. Daniel fand, dass man ihm deswegen keinen Voyeurismus unterstellen konnte.

Heute gelang es ihm aber ganz gut, sich von den Nackedeis abzulenken. Falls er mit seiner Theorie recht hatte und Claus Lothar tatsächlich vom Balkon gestoßen hatte – wie sollte er das beweisen? Mit Benny in Claus' Büro aufzukreuzen und ihn auf die Kennzeichen-Ungereimtheit anzusprechen, würde nur Ausflüchte zur Folge haben. Vielleicht wurden die neuen Nummernschilder auf Fuerteventura schon ein paar Jahre früher ausprobiert als im Rest des Landes. Alles konnte ein Neunjähriger ja auch nicht wissen.

Nein, er würde ihm eine Falle stellen müssen. Auf der Polizeiakademie hatten sie gelernt, in manchen Fällen mit einer Situations-Duplizierung zu arbeiten. Sprich, es musste eine ähnliche Begebenheit hergestellt werden wie die im Moment des Mordes. Natürlich durfte es dabei nicht zu einem weiteren Todesfall kommen. Deswegen würde Daniel einen Komplizen benötigen.

Dave hatte sich für die Aufgabe mit seinem Ablenkungsmanöver eigentlich schon ganz gut qualifiziert. Allerdings war dem Kommissar die Nähe des Kochs zu Netti ein Dorn im Auge. Wenn sie von Daniels Plan hören sollte, könnte sie in einen Loyalitätskonflikt gegenüber ihrem Chef geraten. Außerdem hatte der bullige Koch nicht die richtige Statur für die Idee, mit der der Ermittler den mutmaßlichen Mörder in die Falle locken wollte.

Daniel setzte sich auf eine der Klippen, die sich am Ende des kilometerlangen Strandes erhoben. Im Schein der Nachmittagssonne versuchte er, die Personalfrage für das große Finale seines Falls zu klären. Kurz durchzuckte ihn der Gedanke, ob es wohl dieselbe Klippe war, auf der vor weniger als einer Woche die Verlobung zwischen Lothar und Gitta stattgefunden hatte.

In diesem Moment wurde er vom Klingeln seines Handys aus seinen Überlegungen gerissen. Das Display zeigte die Nummer seines Arbeitsplatzes in Bad Hersfeld an. Brigitte! Hatte sie etwa schon den letzten Puzzlestein, der den Fall entscheiden könnte?

Mit zittrigen Fingern hob Daniel ab und hielt das Handy an sein rechtes Ohr.

»Ich bin's, Brigitte.«

Wie immer in solchen Situationen versuchte Daniel schon aus dem Tonfall der Begrüßung herauszuhören, ob es sich um gute oder schlechte Nachrichten handelte. Irgendwie tippte er in diesem Fall auf gute.

»Hast du schon etwas herausgefunden?« Daniel merkte, dass ihn dieser Fall nervlich viel mehr in Beschlag nahm als die meisten Ermittlungen, die er in Deutschland bisher geführt hatte. Er vibrierte fast vor Spannung.

»Ja, lieber Kollege. Du hattest tatsächlich recht. Der Einzelverbindungsnachweis hat ergeben, dass von Finkelmanns Handy Ende Oktober viermal das Mobiltelefon von Hanke angewählt wurde. Die Gespräche dauerten zwischen zwanzig und sechsundvierzig Minuten. Offenbar hatten die beiden einiges zu klären.«

Daniel war von seiner Klippe aufgesprungen. Nervös tänzelte er auf den spitzen Steinen hin und her. »Ein Irrtum ist ausgeschlossen?«

Brigitte schnaubte mit leichter Verachtung. »Na also hör mal, ich habe meinen Job ja wohl gelernt. Ich weiß zwar nicht, was das für deinen windigen Fall da unten bedeutet, aber du kannst dir sicher sein, dass die beiden mehrere Male Kontakt zueinander hatten.«

Daniel ballte seine linke Hand zur Triumph-Faust. Er hatte in der Jugend einfach zu lange Fußball gespielt, um sich diese Geste bei Erfolgen verkneifen zu können.

»Brigitte, du bist ein Schatz! Wenn ich zurück bin, dann ... ja, dann lade ich dich ein, zu was auch immer du willst.«

Brigitte konnte bei sich erstaunt eine spontane Mutzusammenraffung feststellen und antwortete: »Och, da fiele mir schon das ein oder andere ein ...«

Aber leider war Daniel viel zu sehr auf seinen Fall fixiert, um die Anzüglichkeit seiner Kollegin zu registrieren.

***

Bonnie stellte sich auf der Bühne als eine wahre Granate heraus. Offenbar hatte sie Rayk und Litwina davon überzeugen können, Kaas Lied ohne Playback singen zu dürfen. Mit der Wucht ihrer Stimme beeindruckte sie das gesamte Theater.

Obwohl ihr Auftritt mitten im Stück stattfand, bekam sie Standing Ovations. Ein Gast ließ sich sogar dazu hinreißen – in Ermangelung einer Rose –, eine langstielige Strelitzie auf die Bühne zu werfen. Rayk musste es irgendwie geschafft haben, den Reptilienschlauch auf Bonnies Ausmaße zu dehnen. Trotzdem sah die Schlange so aus, als habe sie gerade ein Gnu verschluckt.

Benny machte seine Sache genauso souverän. Jedes Wort saß, die älteren Damen im Publikum wickelte der Kleine mit dem Baströckchencharme eines Dschungeljungen gekonnt um den Finger. Bennys wunderschöne Eltern saßen im Theater neben Daniel und hatten aus Stolz auf ihren Spross rot glänzende Wangen.

Eine besondere Genugtuung für den bodenständigen Osthessen war der Auftritt von Affenkönig Louie. In dem Kostüm steckte ein Kieferchirurg vom Ammersee, der nach den Proben auf seinem Handy gern seine »Mein Haus mein Auto mein Pferd«-Bilder herumgehen ließ.

Dieser Mensch entpuppte sich als komplett rhythmusbefreit, hatte seinen gesamten Text vergessen und traute sich beim Finale nicht mal mehr auf die Bühne, um nicht ausgebuht zu werden. Daniel grinste. Gut, dass er rechtzeitig vor dem Auftritt die Reißleine gezogen hatte, sonst wäre der oberbayrische Oraltechniker in den Peinlichkeits-Charts dieses Abends nämlich nur auf Platz zwei gelandet.

Die restlichen Schauspieler standen am Ende der Vorführung glücklich auf der Bühne, mit ihnen Rayk und Litwina, die sich über die gelungene Show ihrer Gäste freuten. Daniel hatte das Clubtheater bis zu diesem Abend gemieden, musste sich aber eingestehen, dass er da bisher offenbar etwas verpasst hatte. Bühnenbild, Kostüme und Beleuchtung waren wirklich auf Landesbühnenniveau. Er wunderte sich nur, warum alle Besucher so unhöflich waren, schon während des Finales nach draußen zu drängen. Eine knappe Minute später erklärte sich auch dieses Mysterium. Die verbliebenen Gäste wurden aufgefordert, mit den Darstellern auf der Bühne den Clubtanz zu machen.

Plötzlich hatte Daniel es auch sehr eilig, den Saal zu verlassen. Diese gefühlsduselige Melodie mit clubglorifizierendem Text hatte ihn schon zweimal vom Mittagsschlaf abgehalten. Dazu auch noch tanzen? *No way.*

Trotzdem blieb der Ermittler an der Tür des Theaters stehen. Er spekulierte darauf, dass Dekorateur Rayk im Anschluss an die Vorstellung das Bühnenbild abbaute. Denn genau ihn wollte er noch mal in Ruhe sprechen, bevor er womöglich ins Bett ging.

Von oben beobachtete er, wie sich die Hobbyschauspieler mit den Tarangos erst mal ein Sektchen gönnten, bevor die Gruppe nach und nach auseinanderging. Daniel hätte sich am liebsten auch noch ein Bier von der Bar geholt, aber er hatte Sorge, Rayk dann aus den Augen zu verlieren.

Nachdem sich alle Gäste verabschiedet hatten, wollte der Bühnenbildner gerade auf eine überlange Leiter steigen, um ein paar Lianen abzuhängen, die Urwaldfeeling vermitteln sollten. Noch bevor er den ersten Fuß auf die Leiter setzen konnte, kam Daniel von den Rängen gesprungen und zog die Aufmerksamkeit des Dekorateurs auf sich.

»Rayk, bleib mal unten. Ich habe etwas Wichtiges mit dir zu besprechen.«

»Oje«, näselte der Thüringer. »Etwa noch eine neue Identität, Justus-Daniel?«

Der Kommissar konnte sich ein kurzes Lachen nicht verkneifen, wurde aber sofort wieder ernst. »Nein, ich habe eine Möglichkeit gefunden, wie wir doch noch an deine zwanzigtausend Euro rankommen könnten. Allerdings, das sage ich dir gleich, ganz ungefährlich wird das nicht …«

***

Nur noch wenige Tage bis zum ersten Advent. In Deutschland hämmerten die Handwerker die letzten Buden der Weihnachtsmärkte zusammen, geschlagene Nadelbäume wurden aus den Wäldern zum Verkauf an jede zweite Straßenecke gezerrt, und Eltern hetzten durch die Geschäfte, um noch allerlei Kleinigkeiten für die selbst gebastelten Adventskalender zu erstehen.

Auf Fuerteventura war von vorweihnachtlichem Trubel an diesem Freitag nichts zu spüren. Die Sonne schien von einem makellos blauen Himmel, schon in der Frühe stieg das Thermometer über die Zwanzig-Grad-Marke. Daniels vorletzter Urlaubstag. Die Insel wollte ihm den Abschied schwer machen.

Allerdings hatte der Ermittler für die paradiesischen Gegebenheiten kein Auge. Er war früh aufgestanden und hatte sich vor dem großen Ansturm am Buffet zwei Brötchen geholt, die er sich auf seinem Balkon schmierte und ohne große Lust aß.

Während die Gäste unter seinem Freisitz nach und nach aus dem Village in Richtung Pool strömten, um sich rechtzeitig einen sonnenverwöhnten Platz für den begnadeten Tag zu sichern, ging Daniel in Gedanken immer wieder den Plan durch, den er zur Lösung dieses seltsamen Falls entworfen hatte.

Zwei Punkte lagen ihm besonders schwer im Magen. Zum einen war er von der Schuld des Clubchefs noch nicht zu hundert Prozent überzeugt, zum anderen machte er sich ernsthafte Gedanken um die körperliche Unversehrtheit seines Lockvogels. Einen zweiten Aufschlag neben Nettis Bürofenster durfte es nicht geben.

Kurz musste Daniel grinsen. In einem Cartoon hätte man das steinerne Flachdach einfach mit hundert Bonnies ausgepolstert und wäre auf der sicheren Seite gewesen. Diesen albernen Gedanken schob er aber schnell wieder zur Seite. Es würde wirklich ernst werden, heute um zwölf Uhr. Ernst und riskant. Denn schon eine Hundertstelsekunde Unachtsamkeit konnte in einer Katastrophe enden. Daniel wünschte sich, es wäre schon Mittag. Gott sei Dank hatte er bis zum Showdown noch eine Kleinigkeit zu erledigen.

11

Der Trick

»Komm mal her, Netti, die Idee ist ja wirklich genial.« Claus ließ seine Sekretärin aus dem Nachbarzimmer kommen, um ihr den Dekorations-Clou für die kommende Adventszeit zu präsentieren. Heute schien er noch heftiger zu schwitzen als sonst. Es hatte den Anschein, als sei in Claus ein deutsches Thermostat eingebaut, das für Ende November nur noch Temperaturen knapp über dem Gefrierpunkt vorgesehen hatte. Die signifikante Abweichung nach oben veranlasste seine Drüsen zu einer atemberaubenden Feuchtigkeitsbildung.

Er schob seiner Mitarbeiterin eine Zeichnung an die Tischkante und fuhr mit der Rückseite eines Kugelschreibers die Linien nach, die den Tarango in ein vorweihnachtliches Wunderland verwandeln sollten.

»Schau dir das an. Wir ziehen vom obersten Geschoss im Hochhaus ganz feine Schnüre bis zum Dach des Vorbaus, der an dein Fenster grenzt. In diesen dünnen Fäden sind LED-Lampen integriert. Das sieht dann aus wie der klare Sternenhimmel über der Krippe von Bethlehem. Stell dir mal dieses Funkeln vor!« Claus war wirklich ganz verliebt in die Idee, die ihm sein Dekorateur Rayk für die Adventszeit vorgestellt hatte.

Netti nickte anerkennend. »Das sieht wirklich gut aus. Und da werden die Hotels am Hang mal wieder schön neidisch.« Sie wies auf die terrassierten Bauten, die nach und nach um den Tarango herumgewachsen waren.

Claus nickte. »Wir waren die Ersten und sind bis heute die Besten.« Er zog die Zeichnung wieder zu sich, fuhr versonnen mit der rechten Hand darüber und schaute Netti aus seiner sitzenden Position von unten an.

»Ich bin so froh, dass wir diese Geschichte mit Lothar Hanke hinter uns gebracht haben, Netti. Wir sind wirklich gerade auf einem guten Weg. Die Auslastungszahlen stimmen, die Kosten der Renovierungen kommen langsam wieder rein – und wir haben ein Team, das vor Ideen nur so sprudelt. Weißt du, ich habe dir das so noch nie gesagt, aber ich habe doch nur dieses Hotel. Keine Frau, keine Kinder, mein ganzes Leben habe ich für diesen Laden hier gelebt. Um den Traum meines Vaters fortzuführen. Und da hätte uns die Geschichte mit dem schönen Lothar einen bösen Strich durch die Rechnung machen können. Es ist gut, so wie es ist. Und es ist gut, dass ich dich habe.«

Netti schüttelte verschämt den Kopf und winkte ab.

»Also …«, wollte sie gerade ansetzen, als Claus sie unterbrach.

»Nimm es einfach so hin. Ich bin ja selten genug sentimental. Und jetzt reicht es auch. Ich muss los. Bin um zwölf mit Rayk im obersten Stockwerk verabredet. Wir wollen schauen, wo man unsere Sternenschnüre befestigen kann.«

***

Claus schluckte. Rayk hatte ihn genau in das Zimmer bestellt, in dem Lothar Hanke bis vor ein paar Tagen gewohnt hatte. Der Clubchef beruhigte sich. Es konnte nur ein Zufall sein. Denn außer Netti, Dave und diesem Polizisten wusste niemand in der Anlage vom tragischen Ende des Immobilienmagnaten. Außerdem lag das Zimmer genau in der Mitte der höchsten Etage und eignete sich aus Gründen der Symmetrie am besten für die Aufhängung der Adventsdekoration.

Claus hatte dafür gesorgt, dass das Zimmer während Daniels Ermittlungen noch nicht wieder vermietet wurde, mit den Neuanreisen übermorgen war allerdings der nächste Bezug vorgesehen. Rayk hatte sich das leere Zimmer von der zuständigen Hausdame aufschließen lassen und stand mit einer Verlängerungsschnur auf dem Balkon, als Claus durch die angelehnte Tür eintrat.

»Ah, Chef, da bist du ja, komm mal direkt nach draußen.« Rayk wies auf das gemauerte Dach über dem Balkon, das hier im höchsten Stockwerk nur angebracht worden war, um den Freisitz vor der südlichen Sonne zu schützen.

»Wenn wir hier oben einen stabilen Haken befestigen, könnten wir die ganzen Schnüre strahlenförmig auf das Vordach da runterlaufen lassen.« Der Dekorateur drehte sich um und blickte in die

Tiefe. »An der Wand von Nettis Büro würde ich dann im Abstand von etwa einem Meter ebenfalls mehrere Haken anbringen und die Sternenschnüre daran straffziehen. Was meinst du?«

Der Chef nickte anerkennend. »Ja, das kann ich mir sehr gut vorstellen. Es wird ja jetzt immer früher dunkel – und da macht sich der Effekt bestimmt bezahlt.«

Rayk nahm den Ball auf. »Zum Thema bezahlt … diese LED-Schnüre sind nicht so ganz billig, es gäbe sie aber direkt auf Lager in dem Baumarkt vorn in Gran Tarajal. Ich denke mal, fünf- bis achttausend Euro müssten wir dafür anlegen.«

Claus dachte kurz nach und schaute sich die Gegebenheiten noch mal an, dann nickte er. »Ja, das ist es wert. Du kannst die Dinger kaufen gehen. Vielleicht kriege ich auch noch einen Zuschuss aus der Zentrale in Deutschland.« Für Claus war die Besprechung vorbei, er wollte wieder ins Zimmer.

Jetzt musste Rayk handeln.

»Und wenn du noch hunderttausend drauflegst, erzähle ich auch keinem, dass dir der Laden hier eigentlich gar nicht mehr gehört.«

Er hatte den Satz geübt. Wollte dabei mit fester Stimme entschlossen klingen. Es misslang. Rayk war noch zu neu in der Erpressungsbranche.

Claus stand schon in der Balkontür und drehte sich ruckartig um. Sein linkes Auge war zusammengekniffen, lauernd.

»Was redest du denn da, Rayk?«

Jetzt musste der sanftmütige Deko-Tarango alle Reserven an Kaltschnäuzigkeit aufbringen, die in ihm schlummerten. Er stand mit dem Rücken zur Brüstung. Zehn Stockwerke unter ihm das harte Vordach, in der Tür zum Zimmer Claus.

»Ich kenne das Foto aus deinem Büro. Dein Vater und du, ihr seid in der Stadt und habt die Überschreibung klargemacht.« Er ließ Claus nicht aus den Augen. Knapp drei Schritte war sein Chef von ihm entfernt.

»Na und?« Claus zuckte nervös mit den Schultern.

»Ihr habt eine Zeitung von 1999 dabei. Aber das Foto ist frühestens 2001 entstanden. Man sieht nämlich ein Auto mit einem neuen spanischen Kennzeichen.«

Claus wurde blass.

»Und laut Vertrag geht der ganze Laden hier …«, Rayk zeigte fuchtelnd in die Tiefe, »geht der ganze Laden hier an den spanischen Staat, wenn die Übergabe nicht vor der Jahrtausendwende stattfindet. Das Foto ist der Beweis. Hunderttausend, und keiner erfährt was.«

Claus machte einen Schritt auf Rayk zu. Weniger als zwei Meter trennten die beiden. Rayk hatte höllische Angst.

»Woher weißt du das alles?«, knurrte sein Chef. »Das hast du doch niemals selbst herausgefunden.«

Rayk umklammerte heimlich das Stahlrohr, das die Balkonbrüstung aus Beton nach oben hin abschloss. Er wusste aber, dass er keine Chance hätte, wenn Claus ihn nur kräftig genug stoßen würde. Gut dreißig Meter ging es hinter seinem Rücken in die Tiefe.

»Das kannst du dir doch denken«, schleuderte Rayk dem Clubchef mit Verachtung entgegen. »Von dem Mann, der genau an dieser Stelle hier vor einer knappen Woche sterben musste. Dein Mordopfer Lothar Hanke.«

Rayk war davon ausgegangen, dass der Name genügen würde, um bei Claus die Sicherung durchbrennen zu lassen. Er rechnete jeden Moment damit, dass sein Chef auf ihn zusprang, um ihn ebenfalls über die Brüstung zu stoßen.

Claus blieb aber stehen. Seine Schultern sackten zusammen, seine Augen füllten sich mit Tränen. Rayk fühlte sich deutlich sicherer als noch vor ein paar Sekunden. Umso mehr erschrak er, als Claus plötzlich mit voller Wucht in das Glas der geöffneten Balkontür trat. Tausende Scherben ergossen sich auf den Boden, instinktiv riss sich Rayk von der Brüstung los, um mit seinen Händen Gesicht und Augen zu schützen.

Es wäre der ideale Moment gewesen, um ihn in den Abgrund zu stürzen. Aber Claus brach heulend vor ihm zusammen. Mit den Knien landete er in dem Scherbenhaufen, sofort bohrten sich die spitzen Glassplitter in seine Haut. Blut rann über seine helle Leinenhose, es vermischte sich mit den Tränen und den unvermeidlichen Schweißtropfen des Clubchefs. Wie ein angeschossenes Tier jaulte er auf.

»Lothar Hanke.« Aus tränennassen Augen schaute er Rayk von unten an und wurde von einem Heulkrampf geschüttelt. Er ließ sich zurück auf den Teppichboden des Zimmers fallen, der an dieser Stelle scherbenfrei war. Mit blutigen Knien lag er vor seinem Angestellten, bis er die Tränen im Griff hatte und seine Sprache wiederfand.

»Lothar Hanke, diese miese Zecke. Steht der doch letzte Woche vor mir und will mich erpressen. Dem gehört halb Berlin – und jetzt soll *ich* ihm Geld geben. Zwei Millionen will er, nicht hunderttausend wie du, du Anfänger.« Claus lachte verächtlich. »Na ja, spricht ja eigentlich für dich. Mein Vater hat Hanke vor vielen Jahren anscheinend im besoffenen Kopf mal erzählt, wie das hier mit dem Vertrag aussieht. Das hat sich dieses Rabenaas natürlich gemerkt.« Ein tiefer Schluchzer unterbrach Claus' Ausführungen. »Und als es mit seinem Laden bergab ging, sollte ich herhalten. Diese Drecksau. Dieser Wichser.« Wütend funkelte der Clubchef seinen Dekorateur an.

Das gefiel Rayk gar nicht. Greinend stellte Claus keine Gefahr für ihn dar. Zornig schon eher. Aber eine kleine Provokation war er noch von seiner Mission entfernt. Rayk hatte sich vorsichtshalber vom Balkongeländer entfernt. Sein Chef lag noch immer gekrümmt am Boden. Das Risiko war in diesem Moment überschaubar.

»Und deswegen hast du den Wichser hier von diesem Balkon gestoßen. Gib's zu. Du bist ein Mörder! Ein Mörder!« Rayk beugte sich zu Claus herunter und schrie ihm ins Gesicht.

Wieder fing der Chef an zu wimmern. Seine Unterlippe bebte. »Ja, ich bin ein Mörder.« Ganz leise sagte er es.

Rayk rüttelte ihn an der Schulter.

»Ja, ich bin ein Mörder!«, schrie Claus so laut, dass man ihn wahrscheinlich bis zum Strand hörte.

»Das genügt.« Mit einem Satz sprang Daniel aus dem Badezimmer und hechtete auf die beiden zu. Mit beiden Händen hielt er eine Pistole, deren Mündung auf Claus gerichtet war. »Du hast ein Geständnis abgelegt, und zwei Zeugen haben es gehört. Oder noch ein paar mehr in der Anlage. Damit haben wir dich. Leg dich auf das Bett, wir müssen deine Knie versorgen.«

Claus kroch wie ein waidwundes Tier mit glasigen Augen auf das Bett.

Rayk ließ sich in den Sessel fallen und vergrub das Gesicht in seinen Händen.

***

Daniel hatte den Fall gelöst. Aber er war nicht zufrieden. Denn sein eigentlicher Plan hatte ein wenig anders ausgesehen. Der Kriminalist war davon ausgegangen, dass Claus nach Rayks Provokation versuchen würde, den Dekorateur genauso wie Lothar vom Balkon zu stürzen. Natürlich barg diese Operation ein hohes Risiko. Aber Rayk wusste im Gegensatz zu Claus' erstem Opfer, was auf ihn zukommen konnte. Deswegen wäre er in der Lage gewesen, sich unter Claus wegzubücken, das Überraschungsmoment zugunsten des Mörders wäre in diesem Fall verpufft gewesen.

Außerdem stand Daniel während der ganzen Szene im Rahmen der Badezimmertür und hätte Claus mit gezückter Waffe von einem weiteren Mord blitzschnell abhalten können. Natürlich war es nicht seine echte Dienstwaffe, die schlummerte friedlich in einem Tresor des Hersfelder Reviers. Aber diese spanischen Spielzeugläden in der Einkaufsstraße gegenüber hatten erstaunlich gute Nachbildungen aller gängigen Polizeimodelle in den Regalen gehabt.

Der Versuch, Rayk über die Brüstung zu stürzen, war Daniel deswegen so wichtig, weil er dem Thüringer Tarango dadurch die zwanzigtausend Euro zukommen lassen wollte. Er hatte vor, Claus der spanischen Polizei zu übergeben, den Mordversuch an Rayk aber zugunsten eines großzügigen Schweigegelds zu verheimlichen.

Da nun aber kein zweiter Mordversuch stattgefunden hatte, war Daniel ein wenig in Not. Außerdem wusste er nicht einmal, ob er Claus überhaupt an die hiesigen Behörden ausliefern sollte. Denn zum ersten Mal in seiner beruflichen Laufbahn empfand er Mitleid für einen Mörder.

Claus lag mit seinen blutigen Knien wimmernd auf dem Bett

des Tatortzimmers und ließ sich von Daniel und Rayk erstversorgen. Viel mehr als die körperlichen Schmerzen quälte ihn die Geschichte mit Lothar. Immer wieder von Weinkrämpfen geschüttelt, erzählte er, wie schwierig die ersten Jahre nach der Übernahme für ihn gewesen waren. Ständig war damals sein Vater aufgetaucht und hatte versucht, dem Sohn in die Geschäftsführung hereinzufunken. Fernseher auf den Zimmern? Braucht kein Mensch! Internet? Wird sich niemals durchsetzen! Katamarane? Ein echter Segler lacht sich kaputt über diese Weicheier, die auf zwei Rümpfen den Atlantik erobern wollen!

Außerdem hatte Roland seinem Nachwuchs jede Frau ausgeredet, auf die er ein Auge geworfen hatte. Alle waren seiner Ansicht nach nur scharf auf das Hotel. Es klang, als habe Claus wirklich eine harte Zeit mit seinem alten Herrn durchgemacht. Nach Rolands Tod konnte Claus endlich seine Ideen umsetzen – was sich bald darauf in einer verbesserten Buchungslage niederschlagen sollte.

Gerade als der Juniorchef seinen Laden in dem Fahrwasser hatte, wo er ihn haben wollte, kam Lothar dazwischen. Claus' Schilderungen zufolge war der Tote ein Geschäftsmann ohne Skrupel, den er offenbar deutlich besser kannte, als er in den vergangenen Tagen vorgegeben hatte.

Kaum ein Politiker in seiner Heimatstadt Berlin, der von Lothar kein Geld für die Vermittlung eines lukrativen Grundstücks erhalten hatte. Wenn eine Baugenehmigung gefehlt hatte, sollen seine bezahlten »Freunde« über die Fraktionsgrenzen hinweg rechtliche Bestimmungen gebeugt haben, bis Lothar in den Lagen die Häuser bauen konnte, die er unbedingt wollte. Wenn Claus mit seiner Tirade über das Mordopfer recht hatte, soll es seine Finger sogar im Rotlichtmilieu gehabt haben.

Vielleicht sind »Drecksau« und »Wichser« gar nicht die schlechtesten Beschreibungen für diesen Typ, dachte sich Daniel, als er endlich zurück auf seinem Zimmer war und sich nach dem Thrill der letzten Stunden erst mal ein schönes Bier auf dem Balkon genehmigte. Claus hatten sie in seine Wohnung verfrachtet. Mit seinen wunden Knien und von einer einigermaßen abgelegenen Insel bestand aus Sicht des Kriminalisten keine Fluchtgefahr.

Daniel hatte Claus angekündigt, bis morgen früh zu entscheiden, wie es mit ihm weitergehen sollte. Auch Rayk war zunächst vertröstet worden. Normalerweise hatte der osthessische Polizist für Kriminelle aller Art nur Verachtung übrig. Seiner Ansicht nach hatte jeder in Deutschland – oder auch auf den Kanaren – die Chance, ein ganz gutes Leben zu führen, ohne dafür klauen, hehlen oder morden zu müssen. Aber in diesem Fall schien der Täter der deutlich größere Sympathieträger zu sein.

Daniel überlegte, was aus dem Club werden würde, wenn das Drama ans Tageslicht kommen würde. Zum einen würden die Gäste wegbleiben. Zum anderen müsste die ganze Anlage womöglich tatsächlich an den spanischen Staat übergeben werden. Gut möglich, dass die bisherige Besatzung dann ihre Koffer packen könnte.

Daniel schaute drei Animateuren nach, die auf der Wiese vor seinem Haus lachend um einen Fußball kämpften. Ihm wurde plötzlich klar, dass seine Entscheidung über Claus eine ungeahnte Tragweite haben würde. Die Zukunft des geschichtsträchtigen Tarango Fuerteventura lag in seiner Hand. Auf jeden Fall ein guter Grund, sich erst mal noch ein Bier aus der Minibar zu genehmigen.

***

Was, zum Teufel, war ein »duktales Adenokarzinom des Pankreas«? Immer, wenn man es dringend brauchte, funktionierte dieses vermaledeite WLAN-Netz im Club nicht. Daniel hatte nach Claus' Schilderungen Lothars Telefonbüchlein noch mal genauer inspiziert. Er hatte nach prominenten Namen gesucht, um sich ein Bild davon zu machen, in welchen Kreisen der feine Herr Hanke so verkehrt hatte. Außerdem wollte er Zeit gewinnen, weil er noch keine Ahnung hatte, wie er mit Claus und dem Schicksal des Clubs weiter verfahren sollte.

In dem ledernen Einband des kleinen Nummernverzeichnisses hatte er einen sauber gefalteten Zettel gefunden, der von der Berliner Charité ausgestellt worden war. Ein Professor Birkenstock hatte Hanke vor wenigen Wochen untersucht und in seiner Anamnese festgehalten, dass der Patient offenbar unter einem duktalen Adenokarzinom des Pankreas litt.

Pankreas hatte Daniel schon mal gehört – und Karzinom bedeutete seines Wissens nach Krebs. Damit war die Liste der halbwegs verständlichen Wörter für den Ermittler aber auch schon beendet. Es folgte zwar noch eine ausführlichere Erklärung des Befunds, aber auch in diesem Abschnitt reihten sich griechische oder lateinische Fachtermini aneinander. Selbst wenn Daniel in diesem Augenblick Zugang zum Internet gehabt hätte, wäre für ihn nicht endgültig zu klären gewesen, unter was der schöne Lothar anscheinend gelitten hatte. Allerdings las sich der Text für einen Laien nicht gerade so, als sei ein harmloser Schnupfen oder eine Magen-Darm-Verstimmung diagnostiziert worden.

Es gab nur eine Möglichkeit. Ein Arzt musste ihm das Geschreibsel übersetzen. Denn wenn Lothar schwer krank gewesen sein sollte, hätte der Mord an ihm plötzlich eine andere Dimension.

»Hätte er nicht, denn Mord bleibt Mord«, meldete sich sein Beamtengewissen.

»Hätte er wohl, denn wenn Hanke eh gestorben wäre, na dann …«, sagte sein Bauch.

Allerdings ist eine Krebserkrankung heutzutage alles andere als ein Todesurteil. Es half nichts, ein medizinischer Übersetzer musste her. Und Daniel wusste auch schon, wo er einen finden würde: im barrierefreien Zimmer 1024.

***

»Na, wer besucht mich denn da?«, knarrte es durch die verschlossene Zimmertür, während sich schlurfende Schritte näherten.

»Justus, ›Guest Relations‹.«

Ein freudiges »Aaah« war von der anderen Seite der schweren Holztür zu hören, die sich kurz darauf knarzend öffnete. Daniel hatte überlegt, in welcher Identität er beim alten von Moltzahn auftauchen sollte, und kam zu dem Schluss, dass ein Rollenwechsel nur für Fragen und Verwirrung sorgen würde.

Und zwar für zusätzliche Fragen. Denn es würde auch so schon genügend geben, der Kriminalist hoffte allerdings, dass der Arzt sie nicht stellen würde.

Der freundliche Senior war heute ohne Rollator unterwegs, wies seinen Besuch an, im Sessel Platz zu nehmen, und stellte unaufgefordert ein Glas seines Altherrenschnäpschens vor den vermeintlichen Gästekümmerer. Zu von Moltzahns Erstaunen kippte sein Besuch es in einem Zug weg. Nach allem, was er in den letzten Stunden erlebt hatte, war Daniel danach. Der Rentner legte die Stirn in Falten, setzte sich ächzend und bewies Menschenkenntnis.

»Jungchen, was ist dein Problem?«

Daniel knetete nervös die Hände. »Herr von Moltzahn, ich bin privat hier. Ich habe eine Diagnose in der Tasche und müsste von einem Arzt übersetzt bekommen, was sie zu bedeuten hat. Es geht dabei nicht um mich. Aber ich kann Ihnen auch nicht sagen, um wen es tatsächlich geht. Und ich wäre Ihnen sehr dankbar, wenn Sie danach auch nicht fragen würden.«

Mit seiner Nagelschere hatte Daniel auf seinem Zimmer noch einigermaßen dilettantisch den Briefkopf und die Anrede weggeschnitten. Danach war der Name Hanke nicht mehr genannt worden. »Ließe es sich irgendwie mit Ihrem Gewissen oder Ihrer Schweigepflicht oder sonst was vereinbaren, dass Sie mir einfach sagen, was da drinsteht, ohne Rückfragen zu stellen?«

Von Moltzahn kniff die Augen zusammen, musterte Daniel und stand auf. Er schlurfte zu seinem Nachttischchen, wo er aus der Schublade eine Lesebrille kramte, und machte auf dem Rückweg einen kleinen Abstecher an der Zinn-40-Flasche vorbei. Er goss Daniel ein, machte danach eine unwirsche Handbewegung und knurrte nur: »Her damit.«

Daniel nestelte den Zettel aus seiner Gesäßtasche hervor, und der pensionierte Arzt begann zu lesen. Mehrmals schüttelte er dabei leicht den Kopf, ein Mienenspiel konnte der Polizist nicht ausmachen, weil sich der Alte zu stark über den Zettel gebeugt hatte. Daniel wusste vor lauter Nervosität nicht, wohin mit seinen Händen, und war deswegen froh, als von Moltzahn nach der genauen Lektüre seine warme, weiche Hand beruhigend auf seine Rechte legte.

»Eine Sache will ich nur wissen, Justus«, sagte von Moltzahn mit ernstem Gesicht, während er mit der freien Hand die Lesebrille auf den Tisch vor sich legte. »Geht es hierbei um einen Menschen, der dir nahesteht?«

Daniel biss sich auf die Unterlippe und schüttelte den Kopf.

Von Moltzahn nickte erleichtert. »Das ist gut. Denn bei allem, was ich hier lese, hat dieser Mensch nicht mehr lange zu leben. Das duktale Adenokarzinom im Pankreas ist die häufigste Art von Bauchspeicheldrüsenkrebs. Das ist sowieso eine der miesesten Krebsarten. Schlechte Behandlungsmöglichkeiten. Hohe Letalität. Verzeihung, Sterblichkeitsrate. Und bei dieser Diagnose hier sieht es noch schlimmer aus. Überall Metastasen. Lymphknoten, Leber. Das Ding muss teuflisch schnell gestreut haben. Mit einem Röntgenbild oder einer Computertomografie könnte ich noch Genaueres sagen, aber alles, was die Berliner Kollegen hier geschrieben haben, klingt leider schon eindeutig genug.«

Von Moltzahn gab seinem Gast mit bedauerndem Blick die Diagnose zurück, Daniel verstaute den Zettel ungeschickt in seiner Tasche.

»Es ist vielleicht eine blöde Frage, oder man kann sie gar nicht beantworten«, stammelte er unsicher, »aber wie lange hat dieser Mensch wohl noch zu leben?«

Von Moltzahn legte nun beide Hände auf Daniels Oberschenkel und antwortete sehr ruhig: »Das ist keine blöde Frage, Justus, sondern die allernaheliegendste bei so einer Diagnose. Nur kann man sie leider oft nicht beantworten. In diesem Fall würde ich aber davon ausgehen, dass es höchstens noch ein paar Wochen sein werden. Wer immer der Mensch ist, versuche, so viel Zeit wie möglich mit ihm zu verbringen und ihm noch ein paar Wünsche zu erfüllen. Mehr kann man da wohl nicht mehr tun.«

12

Der Abschied

Betriebsamkeit oder gar turbulentes Treiben waren vor vierzig Jahren auf Fuerteventura Fremdwörter. Selbst heute, nachdem der Tourismus auf der kargen Insel Fuß gefasst hat, geht es in den Orten und an den Stränden weitaus ruhiger zu als auf den quirligen Nachbarinseln Teneriffa oder Gran Canaria.

Rund um den Tarango im sonnigen Süden der Insel säumen mittlerweile Hotelanlagen die Hänge der Berge, alle Architekten haben darauf geachtet, dass die Gäste von so vielen Zimmern wie möglich einen Blick auf den einzigartigen Strand von Jandía haben. Ein paar von ihnen dürfte der Tarango ein Dorn im Auge gewesen sein, der Platzhirsch der kanarischen Hotellerie, denn um den elfgeschossigen Hochbau aus der zweiten Reihe heraus noch Gästezimmer mit Meerblick zu konstruieren bedurfte schon einiger kühner bautechnischer Kniffs.

Umso mehr genießen es die Tarangos, allfreitäglich zu zeigen, wer in dieser Feriensiedlung die erste Geige spielt. Ab dem Mittag stapeln die fleißigen Barmitarbeiter Sektflöten zu einer atemberaubenden Pyramide, natürlich an einer Stelle des Clubs, die für die staunenden Passanten auf der öffentlichen Strandpromenade besonders gut einsehbar ist.

Nach dem Galamenü am Abend versammeln sich alle Clubgäste um den meterhohen Kristallberg, der unter den Klängen klassischer Musik mit literweise Schaumwein übergossen wird. Wenn Clubchef Claus zum Crescendo der Musik eine kurze, aber rührende Rede hält, wenn seine Schlussworte »Denkt daran, wer nicht wegfährt, kann nicht wiederkommen« mit einem Brillant-Feuerwerk gekrönt werden, muss man schon ein verdammt harter Knochen sein, um nicht wenigstens ein wenig Rührung zu empfinden und im kommenden Jahr wieder ein Teil der Tarango-Familie sein zu wollen.

***

Daniel konnte am Nachmittag dieses Freitags noch nicht wissen, dass auch er am selben Abend unter den Funken der bunten Raketen emotional berührt werden würde. Als Clubneuling kannte er die Zeremonie schließlich noch nicht.

Er konnte sich momentan gar nicht vorstellen, wie es weitergehen sollte. Nach seinem Besuch bei von Moltzahn fühlte er sich vollkommen leer. Ein Zustand, den er von sich nicht kannte. Er lag auf seinem Bett und versuchte, die Entwicklungen einzuordnen, die seit dem Mittag auf ihn eingeprasselt waren.

Ein Mensch war ermordet worden, der sowieso hätte sterben müssen. Ein Täter war gefunden, der ihm aber um ein Vielfaches sympathischer war als das Opfer. Eine große Hotelanlage stand vor dem Aus, wenn die Geschichte an die Öffentlichkeit kam. Mehrere Dutzend Menschen könnten ihren Job verlieren und viele tausend Gäste ihr Lieblingsdomizil, in dem sie im Lauf der letzten Jahre so viele schöne Stunden verbracht hatten. Und das alles, weil sich ein Immobilienhai mit einer kriminellen Ader bei einer Investition verhoben und in einer miesen Erpressung den Ausweg aus seinem finanziellen Engpass gesucht hatte. Und wenn er doch ohnehin wusste, dass er bald sterben würde, warum dann überhaupt diese Aktion?

Hatte Gitta nicht erwähnt, dass Hanke tatsächlich einen Sohn hatte? Wahrscheinlich wollte er ihm sein Imperium mit weißer Weste schuldenfrei übergeben und Gitta noch genügend Geld hinterlassen, damit sie weiterhin ein paar durchgeknallte junge Künstler fördern konnte. Und möglicherweise hatte das medizinische Todesurteil bei Lothar auch erst dafür gesorgt, dass er die letzten Hemmungen fallen ließ und zum skrupellosen Erpresser werden konnte.

Trotzdem schaffte Daniel es nicht, Mitleid für das Mordopfer aufzubringen. Denn konnte man es nicht auch so sehen: Hanke war an seinem Tod selbst schuld. Erst durch seine Geldforderung sah sich Claus genötigt, den Mann in die Tiefe und dann in den Permafrost zu befördern. Bei einem Streit unter Kindern hätte der kleine Claus zu Recht auf den kleinen Lothar gezeigt und anklagend gegreint: »Der hat aber angefangen!«

Daniel merkte, wie er sich nach und nach gedanklich immer

mehr von der Idee entfernte, Claus an die spanischen Behörden auszuliefern. Es gab nur einen Fakt, der für diesen Schritt sprach. Und zwar, gesetzeskonform zu handeln. Wie es sich für einen deutschen Polizeibeamten zweifelsfrei gehört hätte. Option Nummer zwei, also der berüchtigte Mantel des Schweigens, würde dagegen eine Vielzahl von Vorteilen und Möglichkeiten bieten. Noch schwirrten ihm nur ein paar wilde Ideen durch den Kopf, aber Daniel spürte, dass sich die Geschehnisse der vergangenen Tage mit ein wenig Kreativität in eine Win-win-Situation ummünzen ließen. Ein paar Kleinigkeiten mussten dafür allerdings noch geklärt werden.

Plötzlich stellte Daniel fest, wie die Energie in ihn zurückströmte. Er hatte für sich eine Entscheidung getroffen. Sie war nicht korrekt. Aber sie könnte viele Profiteure aus dieser schmutzigen Nummer hervorbringen. Er konnte es mit einem Mal kaum mehr abwarten, Nägel mit Köpfen zu machen.

Als Erstes rief er seinen Freund Wolli an.

»Daniel hier. Sag mir nur eine Sache. Nein, zwei. Wie sehr hast du dich geärgert, dass du nach deiner Röbel-Geschichte nicht in den großen Hauptstadt-Journalismus eingestiegen bist, sondern in Hersfeld bei deiner Mutter geblieben bist?«

Wolli dachte kurz nach und antwortete: »Um ehrlich zu sein, nicht besonders. Hier sind meine Leute, hier ist mein Revier. In der Hauptstadt wäre ich einer von vielen. Hier bin ich der Wolli, dem die Leute Geschichten erzählen, die sie anderen nicht anvertrauen würden.«

Daniel jubilierte innerlich. »Und Frage Nummer zwei: Wie schlimm wäre es, wenn aus der Recherche um Hanke nun doch keine Sensationsstory würde?« Diesmal war die Pause am anderen Ende schon länger.

»Na jaaa«, sagte Wolli gedehnt, »dann schreibe ich morgen eben doch das Porträt über die Tennis-Kreismeisterin. Anstatt in Hamburg oder Berlin mit unserer Investigationsstory Klinken putzen zu gehen.«

Daniel hätte seinen Freund umarmen können. »Ach, und noch was, Wolli, tun Sonne und Wärme eigentlich gut bei Rheuma?«

Wolli lachte. »Das ist schon Frage Nummer drei, die war nicht mehr abgesprochen. Aber natürlich, Sonne und Wärme tun jedem gut. Nicht nur dem Rheuma. Und mir täten ein paar Bierchen auf deine Kosten gut, wenn du wieder zurück bist, du Rattenfänger.«

»Das geht okay«, rief Daniel in sein Handy und beendete gut gelaunt das Gespräch.

***

Begrüßungen und Verabschiedungen waren im Tarango eine perfekt inszenierte Veranstaltung. In der eigens dafür eingerichteten »Welcome-Zone« versammelten sich für an- oder abreisende Gäste jede Menge Animateure, gern geschminkt oder verkleidet, um jedem Einzelnen das Gefühl zu geben, er sei derjenige, auf den das ganze Team monatelang gewartet hatte.

Gern gesellten sich auch Stammgäste dazu, wenn die Welcome-Zone zur Goodbye-Zone wurde, und verabschiedeten andere Stammgäste, natürlich unter der dutzendfachen Beteuerung, dass man sich im nächsten Jahr an gleicher Stelle dringend wiedersehen müsse. Es lagen sogar eigens gedruckte Kärtchen aus, auf denen man auf den letzten Drücker noch die Adressen oder Telefonnummern austauschen konnte.

Wie alles in diesem Club äußerst professionell, dachte Daniel, als er seinen Koffer durch die anderen Gäste Richtung Transfer-Bus schob. Normalerweise war die Verabschiedungszeremonie eher Sache der Rezeptions- oder Sports-Fun-Tarangos. Köche, Dekorateure, der Clubchef und seine Sekretärin ließen sich durch das Händeschütteln im Regelfall nicht von ihrer regulären Arbeit abhalten.

Heute allerdings hatten sich Claus, Netti, Dave und Rayk unter die Profi-Gästenachwinker gemischt. Natürlich waren sie gekommen, um Daniel Auf Wiedersehen zu sagen. Die anderen Gäste wurden von den Tarangos mit Handschlag oder einer kurzen Umarmung verabschiedet. Daniel musste dagegen ein wahres Herzlichkeits-Spalier abarbeiten.

Dave schloss den Ermittler in seine kräftigen Arme und klopfte ihm so krachend auf die Schulter, dass Daniel ein kleines, unmännliches Keuchen entwich. Netti wählte die spanische Variante mit Umarmung und zwei kurzen Küssen, der sich Rayk begeistert anschloss. Claus schließlich drückte Daniel wie einen alten Freund, kniff ihn etwas altväterlich in die Wange, drückte ihn dann wieder und flüsterte ihm währenddessen unablässig Dinge ins Ohr. Netti und Dave waren irritiert darüber, dass der Ermittler ihrem Chef derartig ans Herz gewachsen war. Die beiden wussten aber auch nicht, dass der Polizist noch am Morgen seines Abreisetages, dem Tag nach Claus' Geständnis also, ganze Arbeit geleistet hatte.

Sein erster Weg hatte ihn nach dem Telefonat mit Wolli zu Rayk geführt. Schließlich war er der einzige Ohrenzeuge vom Geständnis des Clubchefs geworden. Glücklicherweise hatte der clubmüde Dekorateur in dem folgenden kurzen Gespräch mit dem Ermittler genau so reagiert, wie Daniel es sich erhofft hatte.

Im Anschluss wollte der Osthesse mit Claus sprechen. In seinem Büro erfuhr Daniel von Netti, dass sich der Clubchef überraschend krankgemeldet hatte und in seiner Wohnung sei. Offenbar hatte die Sekretärin also nichts davon mitbekommen, was sich am Vortag im elften Stock ereignet hatte. Aus Daniels Sicht war das auch besser so. Denn je weniger Menschen wussten, dass Claus der Mörder von Lothar war, desto weniger Beteiligte könnten wegen Daniels Plan in einen Gewissenskonflikt geraten.

Der Kommissar hatte Claus in seiner abgedunkelten Wohnung angetroffen, die er in diesem Zustand von seiner heimlichen Koffersuche vor einigen Tagen ja schon kannte. Auf einem Sessel im Zwielicht des Wohnzimmers kauerte Claus. Er hatte die Beine angewinkelt vor sich auf der Sitzfläche und seine Arme darum geschlungen und wippte geistesabwesend mit dem Oberkörper. Vor ihm eine unangetastete Müslischale, die er sich wohl aus Vernunft zubereitet hatte, dann aber vom Appetit verlassen worden war.

»Du darfst die Beine nicht anwinkeln, Claus. Sonst können

die Wunden an deinen Knien nicht verheilen.« Daniel war froh gewesen, in dieser erdrückenden Situation einen Gesprächseinstieg gefunden zu haben.

Claus machte ein verächtliches Geräusch und schaute am Kommissar vorbei.

»Was interessieren mich meine Knie, Daniel? Das verheilt schon. Aber ich habe einen Menschen umgebracht. Und werde deswegen hier alles verlieren. Alles. Hundertfünfzig Leute können sich arbeitslos melden. Weil bei mir die Sicherung durchgebrannt ist und ich diesen widerlichen, kleinen Erpresser auf dem Gewissen habe.«

Zum ersten Mal schaute er Daniel jetzt an. Unter seinen Augen lagen tiefe dunkle Ringe.

»Ich wandere zehn oder fünfzehn Jahre in den Knast – und wenn ich wieder rauskomme, kann ich ja den spanischen Staat fragen, ob er mich in meinem ehemaligen Tarango als Putzhilfe anstellt.«

Seine Augen füllten sich mit Wasser. Daniel setzte sich neben Claus auf die Armlehne des Sessels. Ihn tröstend in den Arm zu nehmen, das hatte der Polizist nicht geschafft. Schließlich saß immer noch ein Mörder vor ihm. Aber einen handgeschriebenen Zettel hatte er ihm in den Schoß gelegt, den der Clubchef mit zitternden Fingern wie in Zeitlupe entfaltete.

***

Im Bus zum Flughafen zog die karge Landschaft der zweitgrößten Kanareninsel an Daniel vorbei. Kilometer um Kilometer schaukelte der Transfer über die Landstraße, mal rechts ein steiniger Hügel, mal links ein steiniger Hügel. Ein paar wild lebende Ziegen oder aufgelassene Gewächshäuser am Straßenrand waren die einzige Abwechslung auf achtzig Kilometern Einöde. Seinen Eindruck von der Hinfahrt wollte Daniel auch jetzt nicht revidieren. Auf diesem Eiland gab es außer Sonne und Stränden nichts zu sehen. Die prächtigen Farbspiele, die in jedem Reiseführer gepriesen wurden, mussten zu einer anderen Zeit oder an einem anderen Ort stattgefunden haben.

Trotzdem saß Kriminalhauptkommissar Rohde mit einem breiten Grinsen in der letzten Reihe, in der er ungestört einen Zettel aus seinem Rucksack kramen konnte. Daniel schüttelte amüsiert den Kopf. Seine leicht krakelige Handschrift stand im krassen Gegensatz zu den weitreichenden Konsequenzen, die dieses kleine Schriftstück hatte. Aber ohne Drucker und Computer war ihm einfach nichts anderes übrig geblieben, als den folgenden Text von Hand zu verfassen:

Ich, Claus Grützmacher, wohnhaft Club Tarango, Avenida del Saladar, 35626 Pájara, Spanien, versichere hiermit, in den kommenden zwölf Monaten folgende Maßnahmen zu treffen:

– ~~20.000~~ 30.000 Euro zu überweisen an Herrn Rayk Nitzsche, Eisfelder Straße 71, 98646 Hildburghausen,
– den Koch Dave Jürgens in eine unbefristete Festanstellung ohne Probezeit zu übernehmen,
– ein Appartement dauerhaft einzurichten für Ruth Angerstein, Mutter des Journalisten Wolfgang Angerstein, Leipziger Straße 76, 36251 Bad Hersfeld,
– einen Auftritt der Band Pur im Club Tarango zu organisieren, ferner ein persönliches Treffen mit Hartmut Engler für Frau Annette Alvensleben, Adresse wie C. Grützmacher,
– einen Vorrat von mindestens sechs Flaschen Zinn 40 anzulegen für den nächsten Urlaub des Gastes R. v. Moltzahn, Zimmer 1024,
im Gegenzug dazu verpflichten sich Daniel Rohde, 36208 Wildeck, und Rayk Nitzsche, 98646 Hildburghausen, lebenslanges Stillschweigen über die Ereignisse vom 21. November 2014 zu bewahren.

Gezeichnet Claus Grützmacher
22. November 2014

Daniel steckte den Zettel – immer noch grinsend – wieder ein. Natürlich war es moralisch verwerflich, als Polizist einen Mord zu decken. Aber lag dieses Verbrechen im Zuständigkeitsbereich des Polizeipräsidiums Osthessen? War er offiziell von einem Vorgesetzten mit den Ermittlungen beauftragt worden? Und war es zu verantworten, dass eine Institution wie der Tarango ins Wanken geriet, nur weil ein todkranker Immobilienhai ohne Schulden beerdigt werden wollte?

Daniel hatte seinen Frieden mit diesem Fall gemacht. Weder Claus noch er würden über die ganze Angelegenheit jemals wieder ein Wort verlieren, beide hatten nicht das geringste Interesse daran. Und damit Rayk das auch nicht tat, hatte Daniel das Startkapital für das neue Leben des Dekorateurs eigenmächtig noch ein wenig erhöht.

Sein Freund Wolli würde als Journalist eine wie auch immer geartete Belohnung oder – etwas unfeiner ausgedrückt – Bestechung natürlich nicht annehmen. Eine kostenneutrale Linderungsmöglichkeit des Zipperleins seiner Mutter aber auch nicht ablehnen, zumal sein Wirken nur in einem sehr indirekten Zusammenhang mit dem Fall stand.

Auch Netti und von Moltzahn hatten nur am Rande dabei mitgeholfen, das Verbrechen aufzudecken, aber der osthessische Teilzeit-Robin-Hood war wohl ein wenig berauscht von seiner Idee, möglichst vielen Menschen etwas Gutes tun zu wollen. Daher der kurze Moment des Übermuts in seinem Forderungskatalog.

Konnte dieser windige Journalist Finkelmann noch zu einer Gefahr werden? Sicher, er würde sich wundern, weswegen sich Hanke nicht mehr meldete. Aber wenn er demnächst über einen anonymen Brief Lothars Krankenakte aus der Charité zugestellt bekäme, würde er wahrscheinlich davon ausgehen, dass der todkranke Immobilienmagnat auf der Atlantikinsel verstorben war. Und zwar bevor er durch eine Erpressung sein sieches Imperium retten konnte.

Blieb allein die Frage offen, was man mit dem eiskalten Lothar nun anfangen sollte. Schließlich hatte er nachweislich niemals den Rückflug von der Kanareninsel angetreten. Aber es konnte ja sein, dass der Schürzenjäger nach der Verlobung kalte Füße bekommen und sich abgesetzt hatte. Unter einer neuen Identität Aloe Vera anbaute. Oder bei einem letzten Bad im

SEELEN
FEINDIN
SEELENFEINDIN

wilden Atlantik geblieben ist. Die Strömungen sollen in diesem Ozean ja gerade rund um die Kanaren besonders tückisch sein.

Aber dieses Problem beschäftigte Daniel nicht weiter. Da müssten ein Koch in Festanstellung ohne Probezeit und ein total unschuldiger Clubchef auf einer ziemlich unbewohnten Insel mit ziemlich viel Wasser drum herum schon auf eine kreative Idee kommen …

Danksagung

Mein besonderer Dank gilt der Lektorin Susann Säuberlich für die unkomplizierte Zusammenarbeit. Und ihrer Tochter. Sie weiß schon, warum …